아무도 모르는 세상의 비밀 하나를

_____ 께 드립니다.

Original Title: 这世界偷偷爱着你
Text by: 辉姑娘
Copyright © Sichuan Tiandi Publishing House CO., Ltd., 2021 All rights reserved.
The Korean Language translation © 2022 DAVINCIHOUSE Co.,LTD.
The Korean translation rights arranged with Sichuan Tiandi Publishing House Co., Ltd. through
EntersKorea Co., Ltd.

그대만 모르는
비밀 하나

그대만 모르는 비밀 하나

펴낸날 2022년 9월 20일 1판 1쇄

지은이_후이
옮긴이_최인애
펴낸이_김영선
책임교정_정아영
교정교열_이교숙, 남은영, 이라야, 나지원
경영지원_최은정
디자인_바이텍스트
일러스트_포노멀
마케팅_신용천

펴낸곳 (주)다빈치하우스-미디어숲
주소 경기도 고양시 일산서구 고양대로632번길 60, 207호
전화 (02) 323-7234
팩스 (02) 323-0253
홈페이지 www.mfbook.co.kr
이메일 dhhard@naver.com (원고투고)
출판등록번호 제 2-2767호

값 16,800원
ISBN 979-11-5874-163-1 (03800)

• 이 책은 (주)다빈치하우스와 저작권자와의 계약에 따라 발행한 것이므로 본사의 허락 없이는 어떠한 형태나 수단으로도 이 책의 내용을 사용하지 못합니다.
• 미디어숲은 (주)다빈치하우스의 출판브랜드입니다.
• 잘못된 책은 바꾸어 드립니다.

미처 보지 못하고
알지 못하는 곳에서
나를 응원하는 작은 목소리

그대만 모르는 비밀 하나

후이 지음
최인애 옮김

미디어숲

어디서든 살아나갈 세상의 지혜

한때 이런 생각을 한 적이 있습니다. 누군가에게 무슨 일이 생기면 평소 쳐다보지도 않던 하늘을 바라보고 '도와 달라'고 이야기합니다. 그런데 70억 인구가 모두 하늘을 보고 '도와 달라'고 하면 과연 하늘은 이 중 누구를 도와줄까? 나라는 존재는 알고 있을까? 나보다 힘든 사람도 굉장히 많을 텐데 나의 수고는 하늘에 닿기도 전에 사라지지 않을까… 결국 나의 수고는 나만 알면 되는 걸까?

하지만 그리 길지 않은 나름의 생을 살아보니 하늘은 문득문득 나를 내려다보며 언제 어디서든 나를 지켜봐 주고 있다는 생각이 들었습니다.

고단한 하루를 끝내고 집으로 돌아와 침대에 누워, 무심히 켠 라디오에서 나의 플레이리스트 중 가장 애정하는 곡이 흘러나올 때, 우연히 들른 집 앞 편의점에서 좋아하는 맥주가 세일가로 판매될 때, 지친 퇴근길, 마치 이제 오냐는 듯 식빵 자세로 앉은 길고양이가 나를 빤히 바라보며 갸르릉 거릴 때, 이럴 때 세상은 나를 지켜봐 주고 있다는 느낌이 듭니다. 마음은 충만해지고, 갑자기 손아귀와 발바닥에 잔뜩 힘이 들어갑니다. 그렇게 '으쌰' 하루를 견디는 힘이 불끈 솟아오릅니다.

✦ ✦

그렇습니다.
이 세상은 나를, 그리고 그대를
도울 만한 힘이 충분합니다.
그리고 그 단단한 사랑을 받는 한,
우리는 절대 넘어질 리가 없습니다.

때로는 좋은 끝맺음이 새로운 시작으로 이어지기도 합니다.

　끝이라는 것이 늘 마음을 힘들고 고되게 하지만, 그 마무리로 인해 우리는 새로운 인연을 시작합니다.

　긴 시간을 부대끼며 웃음을 뱉어내고, 울음을 토해냈던 많은 인연은 어쩌면 유통기한이라는 것을 갖고 있는지도 모릅니다. 서서히 색이 바래지고 마무리를 지어야 한다는 내음이 날 때 우리는 과감히 슬픔을 접고 끝을 맺어 앞으로 나아가야 하겠죠. 그러면 또 신선한 만남이 우리를 기다리고 있다는 것에 들뜰 테니까요.

　그렇게 매일매일이 모여 1년이 되고, 10년이 되고 인생이 될 것입니다. 힘들지만 포기하지 않고 열심히 살아가는 나는 아마도 어디서든 잘 살아내겠죠.

✦ ✦
번화한 도시의 한구석에서,
한적한 마을의 넓은 들판에서,
짠내가 진동하는 따듯한 모래밭 어느 구석에서….

우리는 모든 것이 처음인 듯 살아야 합니다.

절대 변하지 않기를 바라지 말고,

그럼에도 쉽게 싫어지지 않기를 바라야 합니다.

그것이 쉽게 변하는 사람과 세상 속에서

그나마 상처받지 않고 사는 지혜일 겁니다.

내가 나를 포기하지 않으면 세상도 나를 포기하지 않습니다.

전혀 기대하지 않은 순간 불현듯 마주치는 따스함과 온기,

비참하고 어둡게만 보이던 인생을

조금씩 바꾸는 용기가 그 사실을 증명하겠죠.

자, 이제 비밀을 하나 털어놓으려 합니다.

쉿,

그대만 모를 뿐, 세상은 그대를 몰래 사랑하고 있습니다.

저자 후이

차
례

들어가며 어디서든 살아나갈 세상의 지혜 · 8

첫 번째 비밀 이 길이 어디로 이어질지 모르지만

나를 채워 주는 사람, 나를 망치는 사람 · 16

좋은 놈, 나쁜 놈, 먹고 살려는 놈 · 29

인생은 언제나 처음처럼 · 42

선을 넘은 자의 최후 · 52

두 번째 비밀 이왕이면 마음 편하게 행복하게

원하는 대로, 내키는 대로 살아도 괜찮아 · 60

잘할 것인가, 즐길 것인가 · 77

원하지 않을 권리가 없어지는 것 · 89

내가 바라는 삶은 · 105

세 번째 비밀 절망에 빠져 있을 때 필요한 한마디

내 영혼의 닭고기 수프 · 122

각자의 운명, 각자 앞의 생 · 132

그저 그대가 행복하기를 바랄 뿐 · 141

지나간 것은 지나간 대로 · 153

네 번째 비밀 끝까지 견디다 보면

항상 웃는 그녀 · 166

사랑의 규칙 · 182

한번 시도해 보는 마음으로 · 193

세상이 너를 몰래 사랑하고 있어 · 198

살다 보면 생각지도 못한 시기에
예상치도 못한 곳에서 진짜 인연을 만난다.
그러니 떠나간 옛사람이 아니라,
다가올 그 사람을 위해 지금의 나는 준비해야 하지 않을까?

첫 번째
비밀

이 길이
어디로 이어질지
모르지만

나를 채워 주는 사람,
나를 망치는 사람

적어도 배울 만한 장점과
보완할 수 있을 정도의 단점만 있어야 한다.
그래야 서로 채워 주는 사이가 될 수 있다.

#1

소희는 두 번 결혼했다.

첫 번째 결혼은 아직 새파랗게 젊을 때, 대학을 졸업하자마자였다. 왜 그리 결혼을 서두르냐는 질문에 그녀는 이렇게 말했다.

"나랑 이렇게까지 닮은 사람은 평생 찾을 수 없을 것 같아서."

소희의 말대로 그녀와 첫 남편은 부부라기보다 이란성 쌍둥이, 혹은 태어나면서부터 함께할 운명으로 묶인 사람들 같아 보였다. 둘은 같은 해, 같은 달에 태어났고, 같은 도시에서 나고 자라 같은 대학의 같은 학과를 졸업했다. 둘 다 달달한 음식과 공포영화, 만화책을 좋아했고 심지어 왼손잡이인 것마저 같았다. 외모마저 같다면 '도플갱어'라 불릴 만했다. 아마 살면서 이렇게까지 자신과 닮은 사람을 만나기란 하늘의 별 따기일 것이다. 그래서 소희는 자신을 행운아로 여겼고, 그와의 결혼을 조금도 망설이지 않았다. 주변 사람들 역시 두 사람이 오래도록 행복하게 살기를 진심으로 축복하고 기원했다.

그러나 3년 후, 그들이 헤어졌다는 소식이 들려왔다.

두 사람은 편안하게 헤어졌다. 다툼도 눈물도 없었다. 소희의 말을 빌리자면 "서로가 서로를 너무 잘 알기에, 헤어지자는 말을 꺼내기도 전에 상대가 동의한" 그런 이별이었다고 했다.

그렇게 서로를 잘 알고 이해하는데 어째서 헤어진 것일까? 소희는 쓴웃음을 지었다.

"어쩌면 그래서였을 거야. 서로 너무 잘 알아서, 너무 닮아서. 모든 게 익숙하고 예상 가능해서. 그 사람과 살면 아마 늘 같은 음식을 먹고, 같은 친구들을 만나고, 매년 같은 곳으로 휴가를 떠나서 같은 호텔에 묵겠지. 심지어 섹스도 늘 똑같을 거야. 내가 새로운 자세는 어색해서 싫다고 하면 기다렸다는 듯 자기도 그렇다고 대답하는 사람이었거든."

그러던 어느 날 문득 그녀는 그와 사는 한은 평생 새로움을 느낄 수도, 낯선 것을 배울 수도 없으리라는 사실을 깨달았다.

그가 이해하는 것은 그녀도 다 이해했다. 그가 이해하지 못하는 것에는 그녀도 흥미를 못 느꼈다. 그가 그녀에게 밀란 쿤데라의 작품을 추천할 가능성은 제로였다. 그 자신부터 전혀 읽지 않기 때문이다. 그녀가 그에게 아시아에서 가장 높은 롤러코스터를 타보자고 제안할 일 역시 없었다. 그녀에게 그럴 용기가 없는 만큼 그 또

한 절대 타지 않을 것을 알기 때문이다. 그들은 예술영화를 본 적이 없고, 겨울 스포츠를 즐기지 않았으며, 매운 음식은 시도조차하지 않았다. 둘 다 금융을 전공하고 관련 계통에 종사하고 있어서로에게 새로운 분야의 화제를 들을 일도 거의 없었다.

작년 그녀의 생일에 그는 그녀가 정말 좋아할 만한 선물을 준비했다고 했다. 그녀는 짐짓 기대하는 척했지만 사실 선물이 무엇인지 이미 짐작하고 있었다. 아마도 그녀가 제일 좋아하는 브랜드의향수겠지. 마침 향수가 떨어져 간다는 것을 그도 아니까. 그는 그녀가 좋아하는 것의 대부분을 알았고, 그녀는 그가 자신이 늘 사용하던 것만 선물한다는 사실을 알았다. 얌전한 포장의 선물 박스 안에 짐작한 대로 향수가 들어 있는 것을 본 순간, 소희는 이별을 결심했다.

"어렸을 때 엄마가 내게 늘 하던 말이 있어. 너의 모자란 부분을채워 줄 수 있는 사람과 결혼해라, 그래야 오래갈 수 있다. 그때는무슨 말인지 몰랐는데 지금은 그 말을 절절히 실감하는 중이야. 나랑 똑같은 사람이 아니라 전혀 다른 사람을 만났어야 해. 그래야서로 채워 줄 수도 있고, 사는 재미도 있지."

소희의 눈에 묘한 갈망이 번뜩였다. 완전히 새로운 것을 기대하는 눈빛이었다. '나와 전혀 다른 사람을 만나서 전혀 다른 인생을 살고 말 거야.' 그렇게 선언하는 듯했다.

#2

두 번째 결혼은 신중하게 접근했다. 수없이 많은 선을 봤고, 소개팅이나 우연한 만남도 마다하지 않았다. 그리고 마침내 소희는 서진이라는 남자를 만났다.

도시에서 풍족하게 자란 그녀와 달리 서진은 작은 산골 마을에서 태어나 궁핍한 환경에서 어렵게 스스로 생활비와 등록금을 벌어가며 대학까지 마친 자수성가형 인물이었다. 그는 IT 계열에 종사하고 게임을 좋아했으며 소설은 전혀 읽지 않았다. 소희가 가장 신선하게 느낀 부분은 그가 군사학과 정치학에 해박한 지식을 갖고 있다는 점이었다. 그들이 처음 만났을 때, 서진은 무려 두 시간 동안 중동과 관련된 국제 정세에 대해 떠들어댔다. 전혀 알지 못하는 분야였기에 소희는 외려 흥미진진하게 들었고, 눈앞의 남자에게 지대한 호기심을 느꼈다. 소희는 진지한 얼굴로 이렇게 분석했다.

"그는 나랑 완전히 다른 세상의 사람 같아. 사실 그 점이 제일 좋아. 서로에 대해 모르는 부분이 있으니까 늘 궁금해할 수 있잖아. 이런 사람과 함께라면 평생 지루할 일은 없을 거야. 안 그래?"

서진과 결혼하고 몇 년 동안 소희는 이전에 상상조차 해 보지 않은 일들을 많이 경험했다. 그의 손에 이끌려 난생처음 겨울 산행을 해 보았고, 냄새만 맡아도 눈물이 나는 매운 짬뽕도 먹어 보았다. 서진은 그녀의 생일마다 다른 선물을 주었다.

그런데 이상하게 갈수록 소희는 점점 짜증이 늘고 쉽게 화를 냈다. 부부싸움이 잦아지고 각방을 쓰는 날도 늘었다. 친구들과 만날 때 역시 넋을 놓고 있지 않으면 별것 아닌 말을 예민하게 받아들여 벌컥 성을 냈다. 결국 친구들도 그녀를 피하기 시작했으며 몇몇은 아예 연락을 끊었다.

대체 그녀에게 무슨 일이 벌어진 것일까?

소희를 진심으로 걱정하는 친구 몇이 작정하고 그녀를 불러냈다. 걱정 어린 질문과 안타까운 하소연 끝에 마침내 그녀가 주저하며 입을 열었다.

"…나도 내가 왜 이러는지 모르겠어. 그냥 요 몇 년간 내 감정 상태를 솔직히 말해 볼게. 너희들이 판단 좀 해 줄래?"

소희의 표정은 꽤나 심각했다.

"결혼하고 나서 같이 살아 보니까 우리 둘이 얼마나 다른 사람인지 알겠더라. 과장 좀 보태서 말하면 정말 하나부터 열까지 다 달라. 그런데 그게⋯, 생각보다 너무 힘들었어."

예를 들어 함께 쇼핑을 가면 서진은 화들짝 놀라며 이렇게 말한다고 했다.

"겨우 티셔츠 한 벌에 이 가격이라니 말도 안 돼. 당신, 남편 월급은 얼마인지 알지? 설마 나더러 더 벌어오라고 압박 주는 거야? 우리 엄마는 이 돈이면 한 달을 먹고살아!"

두 사람은 경제 관념만이 아니라 사는 모습도 전혀 달랐다. 소희가 자기 전에 책을 읽으면 서진은 자기 방에서 컴퓨터 게임을 하거나 웹서핑을 했다. 거기서 끝이면 좋으련만 기사를 보면서 습관적으로 욕을 퍼붓는 게 문제였다. 특히 정치나 국제 정세와 관련해서 울분을 토하는 경우가 많았다. 처음에는 소희도 흥미롭게 들었지만 얼마 지나지 않아 서진이 이성적인 분석을 하는 게 아니라 단지 스트레스 해소용으로 욕을 할 뿐이라는 사실을 눈치챘다. 나중에는 그가 기사를 보며 내뱉는 욕설을 듣기만 해도 심장이 떨리고 두통이 몰려왔다.

신혼 초까지만 해도 소희는 퇴근 후 직장에서 있었던 일을 서진에게 이야기했지만 어느 순간부터 더는 말하지 않았다. 자신은 그저 그날 하루를 공유하고 싶었을 뿐인데, 서진은 들으면서 화를 내거나 욕을 했기 때문이다.

"그 동료 자식이 못돼 먹었네! 일도 더럽게 못 하는 새끼, 그걸 그냥 두고 봤어? 아니, 당신네 사장도 병신 아니야? 다 똑같은 놈들 아냐!"

자기 직장에서 있었던 일을 이야기할 때는 훨씬 더 가관이었다. 누구든 그의 입만 거치면 밥값 못하는 무능력자에 성격파탄자로 돌변했고, 바보천치에 일말의 쓸모도 없는 인간으로 전락했다.

그런 그의 영향을 받았기 때문일까. 시간이 갈수록 소희 역시 성마르고 조급하며 화를 잘 내는 성미로 변해 갔다. 그리고 그렇게 변한 자신을 의식할 때마다 고통에 몸부림쳤다.

"나는 그저 내 부족함을 채워 줄 수 있는 사람을 찾았을 뿐이야. 그런데 대체 왜 이런 꼴이 되어 버렸을까?"

나는 한참 생각하다 그녀에게 물었다.

"네가 채워지길 바랐던 부분은 결국 뭐였어?"

그녀는 텅 빈 눈으로 나를 바라보았다.

"아마 같이 롤러코스터를 타러 가는 것 정도의 단순한 부분이었을 거야. 그렇지?"

채식을 즐기는 사람과 육식을 즐기는 사람이 서로를 채워 준다면 두 사람은 균형 잡힌 식사를 할 수 있게 된다.

그러나 '다름'만 찾느라 채식도 육식도 아닌, 전혀 다른 제3의 식성을 가진 사람이 있을 수도 있다는 사실을 간과한 것이 그녀의 문제였다. 단순히 제3의 식성을 가졌을 뿐만 아니라 자신의 식성만을 옳다고 여기며 다른 것들은 배척하고 비난하는 사람을 만난 것이 불행의 시작이었다.

결혼으로 서로의 부족함을 채워 줄 수 있으려면
두 사람 모두 상당한 수준의 성숙함과 배려심이 있어야 한다.
그렇지 못하다면 최소한 둘 다 긍정적 에너지가 있어야 한다.

나는 연애소설을 좋아하는데 상대가 SF영화를 좋아하는 것은 문제가 되지 않는다. 그러나 도박을 좋아한다면 문제다.

나는 쇼핑, 상대는 여행을 좋아한대도 갈등의 소지가 없다. 그러나 성실히 노력하며 사는 것을 당연하게 여기는 나와 달리, 상대가 나태하게 집구석에 틀어박혀 게임만 한다면 갈등이 폭발하는 것은 시간문제다.

사자끼리 만나면 성격이 달라도 서로 힘겨루기를 하며 상대를 알아가고, 사냥 기술을 익히고, 결국은 좋은 동반자가 된다. 그러나 사자와 하이에나가 만나면 사자가 하이에나를 물어 죽이거나 혹은 사자가 하이에나에게 물려 상처를 입을 수밖에 없다. 어느 쪽이든 사자 입장에서는 시간 낭비일 뿐이다.

붉은색과 파란색이 섞이면 오묘한 보라색이 되고, 노란색과 파란색이 섞이면 싱그러운 녹색이 되며, 붉은색과 노란색이 섞이면 따스한 주황색이 된다. 그러나 어떤 색도 검은색과 섞이면 돌이킬 수가 없다. 그저 검은색이 되고 만다.

결혼으로 서로의 부족함을 채워 줄 수 있으려면 두 사람 모두 상당한 수준의 성숙함과 배려심이 있어야 한다. 그렇지 못하다면 최소한 둘 다 긍정적 에너지가 있어야 한다. 즉, 다른 부분은 전부 다르더라도 에너지의 방향만큼은 같아야 한다.

✦ ✦

내게 끈기가 있다면 상대에게는 융통성이,
내게 용기가 있다면 상대에게는 신중함이,
내게 감성이 있다면 상대에게 이성이 있어야 한다.

적어도 서로 배울 만한 장점과
보완할 수 있을 정도의 단점만 있어야 한다.
그래야 서로 채워 주는 사이가 될 수 있다.

그러나 긍정적 에너지를 가진 사람이 부정적 에너지를 가진 사람을 만나면 부정적 에너지가 보완되는 게 아니라 긍정적 에너지가 사라져 버린다. 근묵자흑近墨者黑, 그저 똑같이 부정적 에너지를 가진 사람이 되어 버린다. 이런 관계에서는 아무리 노력한들 서로의 부족함을 채울 수 없다.

감정은 재물보다도 얻기 어렵다. 사람은 재물을 내어줄 때보다 감정을 내어줄 때 훨씬 더 깐깐하고 까다롭게 따진다. 그렇게 어렵게 감정을 나누고 만난 관계에서 줄 것도, 얻을 것도 없다면 얼마나 절망스럽겠는가. 더 나은 내가 되고 싶어서 만난 사람이 오히려 나를 망치는 주범이라면, 이 얼마나 비참하고 슬프겠는가.

사랑의 문 앞에서 우리는 언제나 망설이고 헤매고 갈팡질팡하며 더 나은 자신이 되기를, 혹은 그런 자신으로 만들어줄 사람을 만날 수 있기를 갈망한다. 그러나 그러려면 나와 모든 면에서 대등한 사람을 만나야 한다. 그래야 받을 수도 있고, 줄 수도 있다.

서로가 서로를 보완하면 서로에게 이득이 될 수 있다.
그렇지 않으면 그저 잘못된 만남일 뿐이다.

좋은 놈, 나쁜 놈,
먹고 살려는 놈

어쩌겠는가, 알고 보면 나쁜 사람도 착한 사람도 없는 것을.
결국은 자기 이익에 따라 움직일 뿐이다.

#1

    내가 예전에 어느 회사 마케팅팀에서 근무할 때였다. 함께 일하던 직속 상사 A 씨는 젊은 나이에 팀장을 맡는 등 출중한 능력을 자랑했다. 그런 그가 '스승님'이라고 부르며 따르는 선배가 있었다. 풋내기 어시스턴트 시절부터 이끌어 준 선배로, A 씨는 자신이 이만큼 성장한 것도 그 선배님의 훌륭한 지도 덕분이라며 공공연히 말하고 다녔다. 말뿐만이 아니었다. 회사 내 정치 관계에서든 회사 밖 비즈니스에서든 언제나 선배의 편에 서서 나름대로 자신이 입은 '은혜'를 갚았다.

    그랬던 선배가 자신의 뒤통수를 치는 일이 일어났다. A 씨는 엄청난 배신감에 어쩔 줄 몰라 했다.

    그해 A 씨는 중요한 계약을 목전에 두고 있었다. 자그마치 2년간 공을 들인 큰 건수였다. 이 계약을 성사시키기 위해 그는 그야말로 눈물겹게 노력했다. 거래처 이사가 부르면 한밤중에도 뛰어나가 술 시중을 들었고, 가족과 함께해야 할 주말을 골프 접대를 하는 데 몽땅 투자했으며, 좋아하지도 않는 낚시며 사우나도 군말 없이 따라다녔다.

    지성이면 감천이라고 드디어 결실을 맺을 일만 남아 있었는데,

돌연 상대가 손바닥 뒤집듯 태도를 싹 바꿔버렸다. 불과 며칠 전까지만 해도 구체적인 계약 날짜까지 언급하던 사람이 갑자기 자기가 언제 그랬느냐며 딱 잡아뗀 것이다. A 씨는 애가 탔다. 거래처 사무실 문턱이 닳도록 드나들며 어떻게든 마음을 돌리려 했지만 요지부동이었다. 그렇게 상심한 채 돌아 나오는데 슬쩍 거래처의 열린 이사실 문틈으로 낯익은 옆모습이 보였다. 바로 그 '선배'였다.

처음에 A 씨는 자신의 눈을 믿지 않았다. 그러나 정확히 3일 후, 선배가 바로 그 거래처와 순조롭게 계약을 맺었다는 소식이 들려왔다. 선배는 득의양양한 모습으로 동료들의 축하를 받았다. 그뿐만이 아니었다. 그간 현장에서 얻은 경험을 바탕으로 비즈니스 협상 기술에 관한 책을 썼다며 그 자리에서 책 홍보도 했다. 이렇게 큰 계약을 진행하는 동시에 책까지 쓰다니, 과연 전문가가 다르긴 다르다며 감탄하는 사람들 사이에서 A 씨는 조용히 입술을 깨물었다.

나중에 동료에게서 선배가 썼다는 책을 빌려본 A 씨는 기가 막히다 못해 화가 치밀었다. 책에 담긴 내용 중 상당수가 자신의 입에서 나온 것이었기 때문이다. 선배에게 소위 '전문가적인 관점'을 배우면서 자기 나름의 생각과 의견을 개진했는데, 그것들이 어느새 선배의 독자적인 관점으로 둔갑하여 버젓이 책에 실려 있었다. 이렇게나 뻔뻔한 사람이었다니! A 씨는 억울해서 미칠 지경이었다.

하지만 A 씨는 아무에게도 억울함을 드러내지 않았다. 지금 나서서 선배를 공격해 봤자 자신에게 득 될 것이 전혀 없음을 충분히 알 만큼 그 역시 이 바닥에서 잔뼈가 굵은 사람이었다. 그는 분한 마음을 꾹꾹 눌러 아무렇지도 않은 척 회사 생활을 했다.

태도가 변한 쪽은 선배였다. 양심에 찔려서인지, 아니면 A 씨가 다 알고 있다는 사실을 눈치챘기 때문인지 예전만큼 친근하게 굴지 않고 데면데면했다. 어쨌든 표면적으로는 고요히 지나가는 듯 보였다. 그러나 A 씨는 이 일을 절대 잊지 않고 마침내 복수의 기회를 잡았다.

어느 해인가 A 씨는 고위급 임원 단체 출장에서 숙소를 배정하는 업무를 맡았는데, 그들이 묵기로 한 펜션에 고위급 정치인이 와 있다는 정보를 들었다. 그날 밤 A 씨는 슬쩍 손을 써서 선배의 숙소 열쇠를 정치인의 것과 바꿔치기했다. 이를 알 리 없는 선배는 너무도 당당하게 정치인이 묵고 있는 별채의 문을 열고 들어가 옷을 갈아입다 마침 화장실에서 나온 정치인과 마주쳤다. 정치인은 당연히 누구냐고 물었고 선배는 잠시 당황했지만, 곧 질세라 당신이야말로 누구냐고 맞받아쳤다. 평소 지기 싫어하고 앞뒤 따지지 않는 선배의 성격을 염두에 둔 A 씨의 예상이 맞아떨어진 것이다.

결국 말싸움이 벌어졌고 화가 난 정치인이 아랫사람을 불러 선배를 끌어내 호텔 밖으로 쫓아냈다. 한겨울 옷도 제대로 챙기지 못한 채 밖으로 쫓겨난 선배는 헐레벌떡 자기 숙소를 찾아갔다. A 씨는 2층 발코니에서 이 모든 광경을 지켜보며 소리 없이 통쾌하게 웃었다.

나중에 A 씨는 다른 회사에 임원급으로 스카우트되어 이직했다. 이로써 그들의 인연은 완전히 끝났다고 생각했는데 몇 달 뒤 뜻밖의 소식이 들려왔다. A 씨가 선배에게 협력의 제안을 했다는 것이다. 깜짝 놀라서 곧장 A 씨에게 전화를 걸어 어찌 된 일이냐고, 설마 협박이라도 받았냐고 묻자 그가 껄껄 웃으며 말했다.

"그런 건 아니고, 최근 회사에서 새로운 사업을 시작했는데 생각해 보니 선배가 적격자 같더라고. 그래서 내가 같이 일하자고 했지."

"그래요? 그 사람 아주 기고만장했겠네요."

"에이, 그럴 수는 없지."

A 씨가 코웃음을 치며 말했다.

"누구 덕분에 돈 벌 기회를 얻었는데 그러겠어? 오히려 나한테 잘 보이려고 애쓰던걸. 심지어 예전 일까지 들먹이면서 자기가 미안했다고 하더군."

"팀장님은 뭐라 그러셨어요?"

"괜찮다고 했지. 공동의 이익을 위해서라면 옛날 일쯤이야 얼마든지 잊을 수 있지 않겠냐고, 나는 벌써 다 잊었다고 말이야."

"하지만 한 번 배신한 사람이 두 번은 못 할까요? 게다가 그 사람도 팀장님한테 호되게 당한 적이 있으니 아직 감정이 좋지 않을 수도 있을 텐데요. 그런데 이렇게 대충 덮고 넘어갈 수 있다고요?"

그러자 그가 아직 그렇게 순진해서 어쩌냐며 오히려 나를 타박했다.

"이 세상에 절대적으로 좋은 사람, 나쁜 사람이 어디 있나? 결국엔 다 자기 이익에 따라 움직이게 되어 있어. 본질적으로는 모두 다 장사꾼이라고."

어릴 때는 좋고 싫음이 분명해야 한다고 배웠다. 그러나 나이가

들수록 좋고 싫음을 쉽게 나누기도, 단정 짓기도 어렵다는 생각이
든다. 사람은 누구나 양면성이 있기 때문이다.

＋ ＋

세상만사도 마찬가지다.
흑백으로 나눌 수 있는 것보다는
어느 쪽도 아닌 회색지대에 속하는 경우가 훨씬 많다.

#2

안타깝게도 내 친구 수안은 이런 사실을 쉽게 받아들이지 못했다.

얼마 전 그녀가 잔뜩 성이 나서 내게 하소연했다. 친구의 중개
로 일을 했는데 아무래도 사기를 당한 기분이라는 것이다. 친구가
돈을 안 줬냐고 묻자 그건 아니라고 했다. 오히려 에누리 없이 자
신이 처음에 제시한 금액 전부를 받았다고 했다. 그런데 이후에 이
런저런 경로를 통해 알아보니 일을 의뢰한 회사에서 친구에게 지
불한 금액은 그보다 훨씬 더 많았다는 것이다. 수안은 이게 사기가
아니냐며, 그 친구를 아주 '몹쓸 사람'이라고 폄하했다. 나는 가만
히 듣고 있다가 물었다.

"친구가 준 금액이 평소 네가 받던 것보다 적었어?"

"그렇지는 않지. 평소 받던 대로 받았지."

"그럼 그 친구한테 다른 사람 중개로 일할 때처럼 똑같은 금액의 중개 수수료를 줬어?"

"수수료? 친구인데 수수료를 왜 줘? 연말에 감사의 의미로 선물이나 보내면 되지."

나는 문제가 뭔지 바로 깨달을 수 있었다.

"내가 제3자 입장에서 한번 따져볼게. 첫째, 일단 너는 사실관계도 확인하지 않고 친구가 너를 속였다고 단정했어. 둘째, 설령 사실이라고 해도 친구의 행동은 잘못된 게 아니야. 어쨌든 너는 네가 원한 금액을 정확히 받았잖아. 친구가 그 이상의 금액을 회사에서 받아낸 건 어디까지나 그 친구 능력이 아닐까? 너한테 조금도 손해를 입히지 않고 스스로 수고비를 챙긴 셈이지. 그걸 가지고 네가 화를 낼 이유는 없을 거 같은데."

내 이야기를 들은 친구의 표정은 아까와는 달리 조금은 풀어진 듯 했다. 나는 계속해서 그녀의 문제점을 읊어 나갔다.

"그리고 네 태도에도 문제가 있어. 다른 사람의 도움으로 돈을 벌었다면 마땅히 그 대가를 지불해야 하잖아. 그게 친구라도 마찬가지지. 만약 친구가 너 아닌 다른 사람에게 일을 연결해 줬다면 수수료도 정당히 받을 수 있었겠지. 그런데 친구는 너한테 연결해 줬잖아. 그런데도 고맙기보다 화가 나는 이유는 네가 다른 사람 입장에서 생각하지 못하고 무의식중에 상대의 공로를 깎아내렸기 때문이야. 적어도 '그 정도 값'은 되지 않는다고 여기는 거지. 그러니 정식으로 수고비를 주기보다는 연말에 선물이나 보내서 때우면 된다고 말하겠지. 친구가 이 일을 중개하기 위해서 얼마나 많은 인맥을 동원하고 얼마나 많이 실패했는지 혹시 알아? 이번 일을 성사시키려고 들인 노력의 값이 친구가 스스로 챙긴 수고비보다 훨씬 많을 수도 있다는 생각은 안 해 봤어?"

하지만 수안은 여전히 나의 말을 전적으로 인정하는 것 같지는 않았다.

"…그래도 회사에서 더 많이 받았다는 사실을 나한테 숨긴 건 잘못이야. 비즈니스적으로 봤을 때는 아니라고 해도 친구 사이에서는 분명히 잘못된 행동이라고. 거짓말한 셈이니까. 그래도 그 친구가 나쁜 게 아냐?"

절로 한숨이 나왔다.

"친구니까 숨긴 거지. 네가 이런 식으로 나올 걸 빤히 아니까. 우정도 지키고 자기 이익도 챙기기 위해서 숨기는 편을 선택했겠지. 내가 볼 때 그 친구는 너한테 잘못한 게 없어. 자기가 열심히 뛰어서 너한테 돈 벌 건수를 물어다 줬을 뿐이야. 너야말로 왜 친구를 믿지 않고 여기저기 알아봤어? 그뿐만이 아니야. 입장을 바꿔서 생각해 봐. 큰돈을 벌 수 있게 해 줬는데 겨우 몇만 원짜리 선물만 받는다면 기분이 어떻겠어? 너야말로 그 친구를 정말 친구로 생각하는 거 맞아?"

'좋다' 혹은 '나쁘다'라는 말로 한 사람을 정의하는 행위는 지나치게 단순하고 폭력적이다. 사람은 누구나 저마다의 사정과 형편이 있기 때문이다. 상대가 왜 그런지에 대한 구체적 이해 없이 눈에 보이는 것, 혹은 자기 생각만 가지고 좋은 사람 혹은 나쁜 사람으로 단정 짓는 것은 어리석다.

설령 내 눈에 철두철미하게 나쁜 사람이라 해도 실제로 법을 어기거나 범죄를 저지른 게 아니라면 단지 내 가치관과 맞지 않는 사람일지도 모른다. 그 역시 열심히 사느라 애쓸 뿐이고, 또 누군가에게는 좋은 사람일 수 있다. 게다가 좋든 싫든 상대와 계속 협

'좋은 사람'만 만나기를 바라면서
정작 자신이 어떤 '나쁜 사람'인지를
모르는 무지함과 이기심이,
결국은 남들도
좋은 사람이 될 수 없게 만든다.

력하거나 같이 일해야 하는 상황이라면 어떻게든 상대의 장점을 발견하고 부족함을 이해하려고 노력해야 한다. 그것이 현실적인 접근법이다.

우리가 할 수 있는 일은 타인의 '악'을 방치하지 않는 동시에 자신의 행동을 단속하는 것이다. 즉, 스스로는 최대한 '좋은 사람'이 되려고 애쓰면서 최대한 타인의 '악'을 자극하지 않도록 주의해야 한다.

자신의 기준과 가치관을 점검해서 지나치게 결벽적인 부분은 없는지 살피는 것도 중요하다.

✦ ✦

너무 맑은 물에는 물고기가 살지 못하고
너무 곧은 나무는 쉽게 부러진다.
어차피 사람들과 어울려 살아야 한다면
조금은 약삭빠르고
현명한 장사꾼이 되는 편이 좋지 않을까.

깊지 않은 인간관계는 적당히 비즈니스 관계로 이해해서 유연하게 대처하는 법을 배울 필요도 있다.

물론 아무리 애쓰고 노력해도 점점 더 많은 관계가 똑같은 결말로 귀결된다는 점은 여전히 가슴 한구석을 아프게 한다.

한때 누구보다 가깝게 마음을 나누었던 사람과 어느새 각자의 이익에 따라 서로를 이용하는 사이가 되어 버린다면 더더욱 그럴 수밖에 없다.

하지만 어쩌겠는가, 알고 보면 나쁜 사람도 착한 사람도 없는 것을. 결국은 자기 이익에 따라 움직일 뿐이다.

인생은
언제나 처음처럼

선입견에 사로잡혀 세상만사가 마냥 예전과 같으리라는
착각에 빠지는 것은 금물이다.
언제든 눈 깜짝할 사이에 변하는 게 사람이고 세상이다.

#1

만취한 중혁이 테이블에 엎드려 술병을 꽉 움켜쥔 채 뭐라고 중얼거렸다. 슬쩍 보이는 옆얼굴은 절망에 가득 차 있고 눈꼬리에는 눈물이 반짝였다.

"개자식, 나쁜 새끼, 진짜 믿었는데! 이제 다 끝났어, 끝났다고…."

'개자식'이란 다름 아닌 중혁의 죽마고우 우진이었다.

두 사람은 한마을에서 나고 자란 형제 같은 사이였다. 고등학교 때 우진이 외국으로 이민을 가면서 한동안 연락이 끊겼다가 얼마 전 십여 년 만에 재회했다고 했다.

청소년기에 헤어졌다가 어른이 되어 만난 두 사람은 자연스레 술잔을 기울이며 오랜 회포를 풀었다. 중혁은 그날도 잔뜩 취해서 이렇게 말했다.

"임마, 돌아와서 진짜 좋다. 너 없는 동안 이 형님도 꽤 자리를 잡았거든. 내가 너 도와줄게! 우리 같이 돈이나 왕창 벌어 보자!"

우진도 눈을 빛내며 고개를 크게 주억거렸다.

"그래, 안 그래도 너랑 의논하고 싶은 사업 아이템이 있어."

우진은 해산물을 수입하는 일을 했고 중혁은 적합한 유통망을 확보하고 있었다. 두 사람이 손을 잡으면 꽤 괜찮은 비즈니스 협력이 될 듯 보였다. 꼭 소꿉친구라서가 아니라 사업가의 입장에서 봐도 상당히 구미가 당기는 제안이었다.

물론 중혁도 수년간 산전수전을 겪으며 잔뼈가 굵었기 때문에 친구와 하는 일이라고 대충 하지는 않았다. 술에서 깬 맑은 정신으로 구체적 사항을 논의한 후 정식 계약을 체결했다. 그리고 계약대로 화물을 넘겨받고 나서야 비로소 한시름 놓았다.

첫 번째 협력을 성공리에 마친 후 중혁은 기대 이상의 수익을 얻었다. 그리고 이어진 몇 차례 협력 역시 순조롭게 성과를 올리자 결국 우진을 완전히 믿게 되었다.

그러던 어느 날, 우진이 늘 거래하던 수입상에서 최상급 물건을 제공하는 조건으로 대금을 전액 선불로 지불해 달라는 말을 했다고 전했다. 중혁은 잠시 고민했다. 원칙대로라면 말도 안 되는 일이었다. 하지만 그간 우진과 쌓은 신뢰도 있고, 형제나 다름없는 친구가 진행하는 일이니 무슨 문제가 생기겠냐는 생각에 흔쾌히 그러마 했다.

그다음 벌어진 사태는 모두가 예상한 대로다. 우진은 대금을 받자마자 연락이 두절됐고, 물건 역시 바다에 빠졌는지 하늘로 솟았는지 감감무소식이었다. 애가 탄 중혁은 백방으로 알아보다 결국 경찰에 신고했다. 그리고 그제야 우진이 알려준 연락처며 거래처가 모두 가짜라는 사실을 알게 됐다.

이 일로 중혁은 그간 벌어둔 돈을 모두 날렸을 뿐만 아니라 거액의 빚까지 지게 되었다. 대체 왜 물건도 받지 않고 거액을 지불했느냐는 경찰의 질문에 그는 이렇게 대답할 수밖에 없었다.

"그전까지 여러 번 거래했지만 한 번도 문제가 생기지 않았거든요…. 그래서 이번에도 괜찮을 줄 알았죠."

수사를 맡은 나이 든 경찰은 안타깝다는 듯 한마디 했다.

"백 번을 거래했으면 뭐 합니까, 이 한 번으로 죄다 물거품이 됐는데."

중혁은 아무 말 못 하고 통한의 눈물만 흘렸다.

유대인의 격언 중 이런 말이 있다.

✦ ✦

"모든 만남이 첫 만남이다."
모든 것을 매번 처음인듯 대하면
후회할 일은 생기지 않는다.

대략 의미를 풀어보자면 이전에 아무리 친한 사이였어도, 또 사업적 협력을 통해 좋은 결과를 얻은 적이 있다 해도 이번 역시 그러리라고 지레짐작하지 말라는 뜻이다. 그야말로 비즈니스 관계의 냉혹함을 잘 드러낸 격언이다. 실제로 모든 비즈니스는 한 건한 건을 독립적으로 대해야 한다. 단순히 이전의 관계나 당연히 이러하리라는 인과관계를 대입했다가는 낭패 보기 십상이다. 따라서 맹목적인 신뢰 때문에 대충 넘어가서도, 감정적 친밀감 때문에 절차와 규칙을 느슨하게 해서도 안 된다. 이미 수백, 수천 번 반복한 과정이라 해도 마찬가지다. 끝까지 경계를 늦추면 안 된다.
비즈니스 현장에서는 언제 무슨 일이 벌어질지 알 수 없다. 그렇기에 매번 처음인 것처럼 접근해야 한다.

선입견에 사로잡혀서
세상만사가 마냥 예전과 같으리라는
착각에 빠져서는 안 된다.

일상생활도 마찬가지다.

하루는 오랜 친구의 집에 초대를 받아 놀러 갔다. 그녀에게는 영민하고 귀여운 어린 딸이 있었는데, 나를 보자마자 주방으로 도도도도 달려가더니 냉커피 한 잔을 쟁반에 받쳐 들고 왔다.

"이모, 커피 드세요."

나는 웃으며 아이의 머리를 쓰다듬었다. 그리고 내가 채 입을 열기도 전에 친구가 먼저 말했다.

"왜 이모한테 뭘 드시겠냐고 물어보지도 않고 커피를 가져왔니?"
"안 물어봐도 알아요. 이모는 올 때마다 냉커피를 마셨잖아요."

아이는 턱을 약간 치켜들고 확신에 차 대답했다.

"하지만 이모는 이제 커피를 못 마셔. 병원에서 마시지 말라고 했거든. 그러니까 가서 주스로 바꿔오겠니?"

엄마의 말에 아이는 잠시 고개를 갸우뚱했지만 곧 나에게 커피 대신 주스를 가져다주었다. 친구는 아이를 칭찬하며 이렇게 말했다.

"고맙다. 그리고 다음부터는 손님이 오시면 '오늘'은 무엇을 드시겠냐고 먼저 여쭤볼래? '어제'나 '그제', 혹은 '예전에' 드신 것은 생각하지 말고. 어때?"

아이는 순순히 고개를 끄덕였다. 아이가 놀겠다며 제 방으로 들어간 후 나는 '풋' 웃고 말았다.

"아직 애인데 뭐 어때. 그게 그렇게 중요한가?"
"중요하지."

친구는 진지하게 말했다.

"난 내 아이가 과거의 경험이나 선입견 때문에 그릇된 판단을 내리지 않았으면 좋겠어. 그러려면 지금부터 반복해서 가르쳐야 해. 예전에 읽었던 책을 몇 년이 지나서 다시 읽으면 완전히 새롭게 느껴질 때가 있잖아. 그전에 눈에 들어오지 않았던 부분도 보이고, 똑같은 글귀도 전혀 다른 의미로 다가오고. 책이 달라졌을 리는 없으니까 결국 내가 변했다는 거겠지. 나이도 먹고 경험도 많아지고. 그때는 그랬지만 지금은 아니다, 뭐 이런 이치려나. 그런데 세상만사가 다 그런 것 같아. 변하지 않는 것은 없어. 물론 경험을 바탕으로 현재를 판단해도 괜찮을 때도 있지만 전혀 그렇지 않은 때도 분명히 존재하거든. 아이한테는 엄마가 예전에 옳다고 가르쳐 준 사실도 무조건 믿지는 말라고 해. 이 세상에 절대불변의 진리는 생각보다 많지 않으니까, 네가 나를 설득할 수 있으면 설득해 보라고 가르쳐. 설득해 낼 수 있다면 네가 이긴 거라고 말이야."

친구의 말을 들으며 나는 고개를 끄덕일 수밖에 없었다. 구구절절 일리가 있었다.

✦ ✦
사람은 기묘하고, 잘 변한다.
그래서 오늘 만난 이 사람이 저번에 만났을 때와
완전히 같은 사람이라고 장담할 수 없다.
여전히 그때처럼 생각하는지,
아니면 전혀 다른 입장을 갖게 됐는지 어찌 알겠는가.

오늘의 만남이 내게 축복이 될지 저주가 될지도 선뜻 판단할 수 없다. 그야말로 모든 것이 가능하기 때문이다.

그러니 선입견에 사로잡혀서 세상만사가 마냥 예전과 같으리라는 착각에 빠지는 것은 금물이다.

눈 깜짝할 사이에 변하는 것이 사람이고, 세상이기 때문이다.

✦ ✦

모든 것이 처음인 듯 살아야 한다.
절대 변하지 않기를 바라지 말고,
그럼에도 쉽게 싫어지지 않기를 바라야 한다.
그것이 잘도 변하는 사람과 세상 속에서
그나마 상처받지 않고 사는 지혜다.

선을 넘은 자의
최후

모든 일에는 지켜야 할 '선'이 있다.
이 선을 넘는 순간, 결국 피해 보는 쪽은 자신이다.

#1

친구들과 차를 마시며 시간을 보내고 있었다. 다들 한참 수다에 열을 올리고 있는데, 유일한 청일점인 윤기는 무료하다는 듯 휴대전화만 들여다보고 있었다. 그러다 갑자기 '참나' 하며 헛웃음을 지었다. 호기심에 무슨 일이냐고 묻자 그가 자신의 휴대전화를 보여 주었다. 화면에는 SNS에 방금 올라온 글이 떠 있었다.

"오랜만에 본 연예프로그램에 주인(朱茵, 홍콩의 여배우)이 나왔는데 와, 놀래라. 완전 추하게 늙었더라! 옛날에나 여신이지, 지금도 여신 소리를 듣기 바란다면 너무 양심 불량 아님?"

나도 모르게 피식 웃음이 나왔다.

"누구 SNS야? 아는 사람?"
"부하직원. 얼마 전에 맞팔했는데 이런 걸 보게 되네."
"네가 주인의 열렬한 팬이라는 걸 모르나 보지? 그것도 십여 년을 푹 묵은 골수팬."
"모르지. 회사에서는 그런 얘기 안 하니까."

한 회사의 최고기술책임자인 윤기는 평소 성격이 차분하고 말수가 적은 편이다. 그래서 오래된 친구 몇몇을 제외하고는 그의 사적인 취향을 아는 사람이 극히 드물었다.

　나는 위로 삼아 그의 어깨를 토닥였고 그는 아무 말 없이 웃기만 했다.

　그로부터 상당한 시일이 흐른 어느 날, 윤기는 부하직원 중에 자신을 가까이에서 도울 조수를 선발했다. 후보군에 오른 두 사람이 치열한 접전을 벌인 끝에 한 사람이 정해졌는데, 나중에 알고 보니 떨어진 사람이 예전에 윤기가 좋아했던 여배우를 추하게 늙었다고 저격했던 바로 그 부하직원이었다.

　"그 두 사람, 능력이 비등해서 끝까지 망설이긴 했어."

이후에 만났을 때 이 이야기를 꺼내며 윤기가 솔직하게 말했다.

　"차라리 어느 한 사람이 출중했다면 몰라도 정말 우열을 가리기 힘들 정도였거든. 그래서 고민을 많이 했는데 결국 마지막 순간에 사적인 감정이 개입되더라고. 내가 좀 뒤끝이 있는 것 같긴 해도 어쩌겠어. 하루 종일 붙어서 일해야 하는데, 솔직히 그 친구 얼굴을 보고 싶은 맘이 안 들더라.”

아마 그 직원은 자신이 떨어진 진짜 이유를 짐작도 하지 못하겠지. 그리고 만약 알게 된다면 엄청나게 억울할 것이다.

따지자면 그런 셈이다. 휘청거리며 어느 쪽으로도 치우치지 않는 양팔 저울을 숨죽여 지켜보고 있는데 난데없이 날아든 나비의 날갯짓에 한쪽으로 획 기울어진 그런 상황. 다시 말해 꿈에도 생각지 못한 요인으로 운명의 향방이 결정되어 버린 것이다.

얼핏 황당무계하게 들리지만 이런 상황은 의외로 자주 벌어질 뿐만 아니라, 나름 그럴 만한 일리도 있다. 그렇기에 무조건 상대를 불공정하다고 비난할 수도 없다.

특정 연예인을 좋아하거나 싫어하는 것은 전적으로 개인의 취향이니 비난받을 일은 아니다. 그러나 그러한 취향을 표현하는 것은 또 다른 문제다. 무심코 던진 돌에 개구리가 맞아 죽고, 말한 사람은 별생각 없었다 해도 듣는 사람은 마음에 담아둘 수 있다. 이것이 언제 어디서든 누구에게든 과격하고 극단적인 언사를 주의해야만 하는 이유다. 말을 마구 내뱉은 당시에는 잠깐 속 시원할 수 있지만 그 때문에 힘들게 쌓아온 인간관계를 자신도 모르는 사이에 망친다면 너무 아깝지 않은가.

윤기의 사례를 봐도 그렇다. 상사의 관점에서 자기 좋을 대로 아무 말이나 거리낌 없이 내뱉는 부하직원을 기피하는 건 당연하다. 말을 함부로 한다는 것은 그만큼 신중하지 못하고 미성숙하다는 의미고, 자연히 리스크도 크기 때문이다.

디테일이 언제나 승패를 결정짓는 것은 아니지만 똑같은 조건에서는 치명적인 한 방이 되기도 한다. 이런 해석이라면 상대도 반발할 여지가 없다.

#2

우리 가족과 오래 알고 지낸 이웃사촌의 고등학생 딸이 록 음악에 푹 빠졌다는 이야기를 들었다. 그것도 어느 언더그라운드 록밴드의 열렬한 팬이라고 했다. 그 나이에 그러는 게 뭐 그리 대수인가 싶어서 처음에는 무심히 흘려들었는데, 그 집 엄마가 울며불며 찾아온 후에야 사태의 심각성을 알았다. 딸이 곗돈을 훔쳐서 그 록밴드의 전국 투어를 따라가겠다며 가출한 것이다. 곧장 경찰에 신고했지만 어디서도 딸의 행방을 찾지 못했다. 안 그래도 몸이 약한 이웃 아주머니는 결국 화병으로 드러눕고 말았다.

딸이 돌아온 것은 6개월이 지난 후였다. 무슨 고생을 얼마나 했는지 말도 못하게 초췌한 모습이었다. 그간 어디서 어떻게 지냈냐는 엄마의 다그침에 그녀가 떠듬떠듬 털어놓은 이야기는 충격적이었다. 밴드를 따라다니는 동안 다른 가출 청소년들과 어울리며 술, 담배는 물론 낙태까지 경험한 것이다. 아이 아버지가 누구였는지조차 모른다는 말에 온 가족이 할 말을 잃었다.

그녀의 엄마는 곧 쓰러져도 이상하지 않을 만큼 파리한 안색으로 중얼거렸다.

"웬 가수를 좋아한다기에 그냥 취미 삼아 좋아하나 보다 했죠. 목숨까지 걸 줄 누가 알았겠어요? 인생을 망쳐도 유분수지. 대체 내가 무슨 죄를 지었기에 쟤가 저렇게 됐을까요?"

취미든 취향이든 선을 넘으면, 다시 말해 인생의 주객이 전도되면 다치는 것은 자기 자신과 사랑하는 가족뿐이다.

젊은 시절에는 좋아하기도 쉽고, 싫어하기도 쉽다. 때로 내 취향에 딱 맞는 무언가를 발견하면 열정에 불타 영원한 사랑과 충성을 맹세하기도 한다. "평생 좋아할 거야"라는 말을 할 수 있는 것도 젊음의 특권이다.

그러나 세상에 영원한 것은 없고 사람의 마음은 생각보다 쉽게 변한다. 때로는 현실이 청춘의 열정을 사그라지게 하며, 때로는 변함없으리라 믿었던 취향도 모르는 새 달라진다.

결국 끝까지 남는 것은 곁에 있는 사람이다. 이들이야말로 진정으로 소중하게 여겨야 할 가치다.

연예인은 오랜 친구만큼 중요하지 않다. 아무리 멋진 밴드라도 나를 키워 준 부모님만큼 소중할 수는 없다. 당장은 평생 갈 것 같은 열망과 열정도 결국은 사라지기 마련이다. 취미에 인생을 쏟을 필요도, 취향을 목숨 걸고 지킬 이유도 없다. 호불호와 현실 사이에 균형을 유지할 줄 알아야 한다.

모든 일에는 지켜야 할 '선'이 있다.

이 선을 넘는 순간, 결국 피해를 입는 것은 나 자신과 내 주변 사람들이다.

두 번째
비밀

이왕이면
마음 편하게
행복하게

원하는 대로, 내키는 대로
살아도 괜찮아

자신을 억누르고 욕망을 절제하는 사람만이 대단할까?
자신의 욕망을 채울 능력이 있는 동시에
부적절한 욕망을 제어할 줄 아는 사람이 훨씬 대단하지 않은가?

#1

유럽으로 향하는 비행기 안, 이륙하자마자 옆자리의 말쑥한 숙녀가 두꺼운 책을 꺼내 조용히 읽기 시작했다. 호기심에 슬쩍 곁눈질해 보니 어렵기로 소문난 철학서였다.

소위 현대인의 필독서라고 해서 나도 가지고 있는 책이었다. 매우 훌륭한 저서라는 점에는 이견이 없지만, 결코 만만하게 도전할 수 있는 책은 아니었다. 나 역시 수차례 도전했다가 첫 번째 챕터도 못 넘기고 단지 시도했다는 데 만족하고 책장에 처박아둔 지벌써 몇 해던가. 보아하니 옆자리 숙녀도 이제 막 도전을 시작한 모양인지 넘어간 책장이 얼마 되지 않았다.

잠시 흥미를 느꼈지만 그뿐, 곧 피곤함이 몰려왔다. 나는 담요를 어깨까지 끌어올리고 곧 깊은 잠에 빠져들었다.

온갖 기상천외한 자태로 실컷 자고 깨어난 뒤 내 눈에 가장 먼저 들어온 장면은 옆자리 숙녀가 여전히 미동도 하지 않고 책을 읽고 있는 모습이었다. 얼추 다섯 시간쯤 지난 듯했는데 설마 내내 저렇게 책을 봤을까? 그 어려운 책을, 보는 것만으로 눈이 핑글핑글 돌고 졸음이 쏟아지는 책을 진작 내던지지 않고 끈질기게 붙들고 있다는 것만으로도 존경심이 절로 솟아났다.

그런데 좀 이상하다는 생각이 들었다. 눈대중해 보니 다섯 시간 전과 비교해 열 페이지 정도밖에 넘어가 있지 않았기 때문이다. 내가 너무 유심히 바라봤는지, 그녀가 시선을 눈치채고 고개를 들었다. 그리고 살포시 웃으며 가볍게 목례했다. 이를 긍정적인 신호로 받아들이고 용기 내어 말을 걸었다.

　　"책이 재미있으신가 봐요. 전 꽤 어렵던데…"

　　그녀는 곤란하다는 듯 미소를 지었다.

　　"…아뇨. 사실 무슨 말인지 하나도 모르겠어요."

　　순간 당황했지만 그녀의 솔직한 태도에 호감이 생겼다.

　　"그렇죠? 이 책 진짜 어렵잖아요. 에이, 그럼 읽지 마세요. 장시간 비행하는 것 자체도 힘든데 좀 쉬면서 가셔요. 영화라도 보시면서…"
　　"그건 그닥 내키지 않아요. 시간 낭비 같아서 죄책감이 들거든요."

미처 예상하지 못한 답이었다. 더욱 호기심이 생겼다.

"그럼 장거리 비행할 때 뭔가 의미 있는 일을 하세요? 쉬지 않고?"

그녀는 미간을 찌푸리며 잠시 생각하더니 곧 고개를 끄덕였다.

"네, 비행기를 탈 때면 항상 일을 하거나 평소 읽기 어려웠던 책을 읽으려고 해요. 그냥 쉬어 본 적은 없네요."

"그럼 혹시 그런 건가요? 비행할 때 특별히 집중이 잘 돼서 이 시간을 활용하는 거라든가…?"

"아니요. 딱히 일이 더 잘 되지도 않고, 이런 책은 더 읽기 싫어요. 솔직히 말하면 로맨스 소설이나 읽었으면 딱 좋겠네요."

그녀가 가벼운 한숨과 함께 내뱉은 말에 나는 나도 모르게 웃고 말았다. 그녀도 따라 웃었다.

"정말이에요. 원래 그런 게 있는 줄도 모르고 살았는데 대학 합격하고 상경하는 기차에서 옆자리 아주머니가 할리퀸 소설을 빌려줘서 처음 읽어 봤거든요. 그때까지는 교과서랑 학교에서 내준

권장 도서 목록에 있는 책 외엔 읽은 적이 없었어요. 그런데 얼마나 재미있던지! 내가 그렇게 책을 빨리 읽는 줄 그때 처음 알았다니까요."

"잘됐네요!"

나는 짐짓 과장되게 말했다.

"그럼 그런 류의 소설을 보세요. 좋아하는 걸 해야죠. 공항 서점에도 로맨스 소설 많이 팔잖아요. 원래 장거리 비행 때는 좋아하는 소설 보면서 쉬기도 하고, 피로도 풀고 그러는 것 아닌가요?"

그녀는 잠시 망설였지만 꿋꿋이 고개를 저었다.

"아뇨, 안 돼요. 그런 책을 보는 건 시간 낭비잖아요. 저희 어머니가 늘 귀에 못이 박히도록 하신 말씀이 있어요. '좋아하는 일을 다 하고 살 수는 없다, 시간은 유한한 자원이다, 네가 쓸 수 있는 시간은 정해져 있고 그 안에 최대한 유용한 일을 해야 한다, 그렇지 않으면 후회하게 된다.'"

"아…"

장거리 여행의 피로로 경계가 느슨해진 탓일까, 아니면 드디어 말할 대상을 찾았다고 생각한 것일까. 그녀는 생판 남이나 다름없는 내게 옛 기억 몇 개를 털어놓았다.

#2

그녀는 어릴 때부터 엄격한 어머니 밑에서 자유라고는 모르고 자라왔다. 겨우 네댓 살쯤 되었을 때, 밖에서 나비를 쫓으며 노는 친구들이 너무나 부러웠던 그녀는 글씨 쓰기 연습하던 것을 놓아두고 몰래 나가 그날 오후 내내 놀았다. 그러다 외출 갔다 돌아온 어머니에게 들켜 눈물이 쏙 빠지도록 혼이 났다. 그녀가 펑펑 울며 '나도 놀고 싶다'고 하자, 어머니는 이렇게 말했다.

"하고 싶은 걸 다 하고 살면 인생을 망친단다."

중학교 때, 같은 반 남학생을 짝사랑하게 된 그녀는 그 사실을 일기장에 적었다. 자신의 일기를 어머니가 몰래 보는 줄 꿈에도 몰랐기 때문이다. 어머니는 그녀 앞에서 일기장을 갈가리 찢고 대학 졸업하기 전까지 연애는 꿈도 꾸지 말라고 엄포를 놓았다.

"공부에 집중해야 할 시기에 이딴 엉뚱한 생각이나 하다니. 지금 해야 할 일을 잊고 본능에 끌려 움직이는 건 사람이 아니라 짐승이야!"

대학에 들어간 뒤 그녀는 브리지(Bridge, 카드게임의 일종)에 매료됐다. 브리지 동아리에도 들어갔다. 그녀의 실력을 본 회원들은 하나같이 천부적인 재능이 있다고 칭찬하며, 동아리 대표로 브리지 대회에 나가 보라고 수차례 권했다. 그녀는 고민했지만 결국 거절했다. 단순히 거절만 한 게 아니라 아예 동아리를 탈퇴하고 브리지도 그만뒀다. 어차피 죄책감 때문에 언젠가는 그만둘 생각이었다. 브리지가 마작이나 화투 같은 도박이 아닌데도 늘 죄책감에 시달린 이유는 그녀 자신이 브리지를 너무나 좋아했기 때문이다. 사실 그게 가장 큰 문제였다. 그렇게 좋아하다 보면 브리지도 중독에 빠지게 하고 타락시키는 노름이나 다름없다고 여겼다. 그녀는 아쉬움을 뒤로하고 공부에 몰두했다.

대학을 졸업하자마자 바로 취직에 성공했지만 직장 생활은 순탄치 않았다. 지금까지 해온 것처럼 열심히 노력하고 최선을 다했지만 승진도, 연봉 인상도 좀처럼 쉽지 않았다. 답답한 마음을 어머니에게 털어놓았을 때, 돌아온 것은 위로나 격려가 아닌 날선 비난이었다.

"넌 왜 돈이랑 지위밖에 바라는 게 없니? 다 탐욕이고 욕심이야. 심보가 그 모양이니 인정을 못 받지."

평소에도 어머니는 툭하면 욕심이 많다며 그녀를 나무랐다. 그녀가 조금이라도 가격이 있는 옷을 사면 물욕이 많다고, 색상이 화사한 구두를 신으면 과시욕이 심하다고 혀를 찼다. 친구를 만나 저녁이라도 실컷 먹고 온 날에는 식욕을 주체하지 못하겠냐며, 그렇게 막 먹어대다가는 몸매도, 건강도 망칠 것이라는 저주 같은 잔소리가 뒤따랐다.

그녀의 이야기를 듣기만 해도 숨이 막혔다. 아무 말도 못 하고 질려 버린 내게 그녀가 잠시 망설이다 물었다.

"욕망이라는 게…, 정말 그렇게 나쁜 건가요?"

나는 가만히 생각하다 입을 열었다.

"어머니는 당신이 어떻게 되길 바라셨나요?"
"아마…, 지금의 이런 모습 아닐까요?"

무심결에 자신을 내려다보며 그녀가 말했다. 나 역시 그 시선을 따라 그녀를 훑어보았다. 깔끔하고 단정한 옷차림, 예의 바르고 상냥한 태도, 지적인 어투. 누가 봐도 어느 한구석 나무랄 데 없는 완벽한 숙녀였다.

"그렇다면 당신이 이런 모습이 되길 바란 것도 결국은 어머니의 욕망…, 아니었을까요?"

그녀가 눈을 커다랗게 떴다. 입이 스르르 벌어졌지만 아무 소리도 나오지 않았다.

"죄송해요, 너무 함부로 말했나요? 제가 하고 싶은 말은 물욕도, 과시욕도, 식욕도, 애욕도 인간이라면 누구나 가진 정상적이고 자연스러운 욕구라는 거예요. 욕망을 억눌러야 한다고 강조했던 어머니도, 똑같이 딸에게 자신이 바라는 모습을 강요했잖아요. 그것도 결국은 어머니의 욕망인 거죠. 욕망이 적어도 부끄러워하거나 무조건 억눌러야 하는 죄악은 아니에요."

옆자리 숙녀는 머리를 한 대 얻어맞은 표정이었다.
나는 손을 뻗어 그녀 앞에 아직 펼쳐져 있던 두꺼운 책을 덮었다.

"스스로를 너무 몰아붙이지 마세요. 좀 더 느슨해져도 괜찮아요. 생각보다 얻는 게 더 많다니까요."

그녀는 나의 눈을 들여다보며 보일 듯 말 듯 고개를 끄덕였다.

그날 오후, 우리는 함께 기내 프로그램으로 제공되는 코미디 영화를 보며 배가 아프도록 웃었다. 실컷 웃고 난 뒤 눈꼬리에 맺힌 눈물을 닦아 내며 그녀가 말했다.

"이렇게 웃어 본 게 얼마 만인지 모르겠어요. 이 영화 디브이디로 살까 봐요. 아니, 꼭 살 거예요. 비행기에서 내리자마자!"

나도 한마디 했다.

"사는 김에 로맨스 소설도 한 열 권 사 버려요!"

우리는 서로 마주 보며 어린 소녀들처럼 깔깔 웃어댔다.

비행기에서 내린 후 우리는 환하게 웃으며 헤어졌다. 조금은 가벼운 발걸음으로 멀어지는 그녀의 뒷모습을 보며, 자신의 욕망과 더불어 더욱 잘 살아갈 수 있기를 축복했다.

그녀를 정갈한 숙녀로 성장시키고자 한 어머니의 욕망은 훌륭하니 괜찮고, 자신이 좋아하는 것들을 누리며 살고자 한 그녀의 욕망은 천박하니 억눌러야 하는 게 아니다. 아니, 애당초 어떤 욕망은 훌륭하고 어떤 욕망은 천박하다고 판단할 수도 없다. 백번 양보해서 훌륭한 욕망과 천박한 욕망을 나눈다고 해도 훌륭한 욕망을 위해 하찮은 욕망을 무조건 희생해야 할 이유는 없다.

평생을 단 한 가지 욕망을 위해 살아간다면, 너무 슬프지 않겠는가.

어릴 때는 공부도 해야 하지만 그만큼 열심히 놀아야 한다. 예순이 되어 읽는 동화책은 여섯 살에 읽는 것만큼 재미있지 않고, 팔순이 되어 나비를 쫓으면 허리만 아플 뿐이다.

청소년기에도 누군가를 좋아할 수 있다. 감정이 싹트기도 전에 잘라내야 건전한 사춘기인 것은 아니다. 스스로 보호하고 상대를 배려하는 법을 먼저 배운다면 청소년기의 사랑도 충분히 아름답고 달콤쌉싸름한 추억으로 남을 수 있다.

젊은 시절 자신을 한껏 꾸미는 것도 당당히 누려야 할 권리다. 어차피 살다 보면 짧은 치마를 입고 하이힐을 신고 싶어도 신지 못 하는 때가 온다. 할 수 있을 때 최대한 누리는 게 뭐가 나쁜가.

자신이 노력한 만큼, 열정을 쏟은 만큼 당연히 대가를 바라야 한다. 단순히 공리심으로 치부하기에 이는 개인의 자존감과 직결되는 문제이기도 하다. 때로는 승진이나 인상된 연봉이 나의 능력과 공로, 존재를 증명해 주기 때문이다. 이를 비난할 수는 없다. 내가 흘린 피, 땀, 눈물을 인정받기를 원하는 게 어떻게 비난받을 일인가.

중독되지만 않는다면 좋아하는 만큼 브리지를 해도 상관없다.

문란해지지만 않는다면 감정에 얼마든지 솔직해져도 상관없다.

건강을 해칠 정도만 아니라면 입맛이 당기는 대로 먹어도 상관없다.

어리석은 모험에 뛰어들지만 않는다면 원할 때 언제든 여행을 떠나도 상관없다.

✦ ✦

자신의 욕망을 따른다고 수치스러워할 이유는 전혀 없다.
욕망은 무조건 억제하는 것이 아니라 선택하는 것이다.
자신이 가장 원하고,
가장 적절하고,
가장 가치 있다고 생각하는 욕망을
신중하게 선택해서 이를 삶의 원동력으로 삼아야 한다.
그리고 힘껏 실현해야 한다.

#3

예전에 잠시 알고 지내던 인디 가수가 있다. 학창 시절, 공부보다 기타 치고 노래하는 게 더 좋았던 그녀는 결국 음악을 선택했지만 그 선택을 지지하는 사람은 아무도 없었다. 부모는 당장 그만두라고 했고, 선생은 못 미덥다는 눈길로 바라봤으며, 친구들은 아닌 척했지만 속으로는 비웃는듯 했다.

하지만 그녀는 포기하지 않았고 시련이 클수록 더 용기를 냈다.

"내 마음이 끌리는 길로 가고 싶었어요. 아무도 응원하지 않고 스스로를 너무 몰아붙이지 않아도 된다.
좀 더 느슨해져도 괜찮다. 생각보다 얻는 게 많다.

허락하지 않았지만 그럴수록 오히려 더 이를 악물고 노력하게 되더라고요."

몇 년간의 고투 끝에 그녀는 마침내 앨범을 냈고 평단의 인정을 받았다. 덕분에 음악 활동을 통해 충분한 수입도 얻게 되었다. 다만 대중적 인지도가 아쉬웠는데, 어느 인터뷰에서 그녀는 이 점을 언급하며 솔직히 말했다.

"이제는 유명해지고 싶어요."

이 인터뷰로 그녀는 여론의 공격을 받았다. 음악성을 인정받은 재야의 고수가 '나만의 음악 세계를 좀 더 추구하고 싶어요'라는 고상한 대답 대신 다분히 세속적인 욕망을 드러냈다는 게 이유였다. 그들에게 이런 욕망은 드러내서도, 용납할 수도 없는 금단의 열매였던 셈이다.

하지만 유명해지고 싶다고 해서, 또 그 욕망을 표현했다고 해서 비난을 받아야 할까?

눈부신 스포트라이트 아래로 뛰어든 사람은 하나같이 유명해지기를 갈망한다. 단순히 명성이 돈과 명예를 가져다주기 때문만은 아니다. 그보다 명성 자체를 자기 작품에 대한 인정과 존중으로 치환할 수 있기 때문이다. 유명해지면 그만큼 더 많은 사람이 자신의 노래를 듣게 된다. 가수에게 이보다 더 매력적인 일이 어디 있겠는가.

비단 가수뿐만이 아니다. 음악이든 소설이든 영화든 뭐든, 무언가를 창조해 내는 사람에게는 명성이 곧 보상이다. 결국은 모두가 유명해지기를 바란다는 것이다.

그녀는 그런 욕망을 솔직히 표현했다는 이유로 부당하게 비난받았다. 하지만 자신의 재능과 노력, 뛰어난 창작물로 유명해지기를 바라는 것은 죄가 아니라 오히려 정당한 요구가 아닐까.

✦ ✦

자신을 억누르고 욕망을 절제하는 사람만이 대단할까?
자신의 욕망을 만족시킬 능력이 있는 동시에
부적절한 욕망을 제어할 줄 아는 사람이
훨씬 더 대단하지 않은가?

욕망을 억누르기만 하는 삶은 그저 '살아 있는 것'에 불과하다.

욕망을 적당히 억누를 줄도, 적절히 놓아둘 줄도 알아야만 비로소 제대로 '살아가고 있다'고 할 수 있다.

욕망의 노예가 되어서도 안 되지만 모든 욕망을 끊어낸 수도승처럼 살 필요도 없다. 우리는 깨달음의 경지에 오른 고승이 아니다. 세상 풍파를 이길 도리도 없고 통달할 능력도 없다.

한 번 사는 인생, 이왕이면 조금이라도 마음 편하고 행복하게 사는 게 좋지 않겠는가.

한 유명한 극작가가 이런 말을 했다.

"나는 모든 것에 저항할 수 있다, 유혹만 빼고."

이 말을 빌려, 나는 이렇게 말하고 싶다.

"나는 모든 것을 자제할 수 있다, 욕망만 빼고."

잘할 것인가,
즐길 것인가

배워서 즐겁고 할 수 있어 기쁘면 그만이다.
배운다고 무조건 '잘해야' 하거나
'완전히 정복해야' 할 필요는 없다.

#1

여섯 살이 되던 해 나는 사랑에 빠졌다. 첫눈에 반했고 손을 떼지 못했다. 상대는 커다랗고 우아하며 아름다운 악기, 피아노였다.

피아노의 주인이었던 먼 친척은 그런 나를 보고 엄마에게 말했다. 아이 손가락이 갸름하고 야무진 것을 보니 피아노 치기에 적격이라고, 여건이 되면 한번 가르쳐 보라고. 그 말을 들은 부모님은 큰마음을 먹고 나를 유명한 선생님이 있는 피아노 학원에 데리고 갔다.

명성이 높은 교사는 대개 엄하다. 그 피아노 선생님도 예외는 아니어서, 기본기부터 매우 깐깐하고 엄격하게 가르쳤다.

피아노를 배운다는 생각에 신이 난 내게 선생님은 손 모양부터 가르쳤다. 첫 일주일은 달걀을 쥔 것처럼 손을 둥글게 말고 바른 모양을 유지한 채 건반을 누르는 연습만 했다. 힘들게 손 모양을 잡고 난 뒤에는 정석대로 연습곡을 배우기 시작했다. 바이엘, 하농, 체르니… 피아노 치는 기술을 배우기엔 적격이었지만 하나같이 딱딱하고 재미없었다. 한 곡을 다 치고 나서도 내가 무엇을 쳤는지 알 수 없을 만큼 이 곡이 저 곡 같고, 저 곡이 그 곡 같았다.

가장 두려웠던 것은 선생님이 내준 숙제를 잘하지 못했을 때였다. 선생님은 새로 배운 곡을 전부 외워 오게 시켰는데, 치다가 머 뭇거리거나 틀리기라도 하면 짧고 가느다란 회초리로 손등을 때 렸다. 어린 나에게는 그야말로 엄청난 공포였다.

피아노에 대한 사랑은 빠르게 식어 버렸다. 흥미와 호기심이 사 라진 자리를 두려움과 지루함이 파고들었다. 피아노를 보기만 해 도 헛구역질이 나왔다. 울고불고 떼를 쓴 끝에 피아노 레슨을 그만 뒀다. 내 인생의 처음이자 마지막 음악 여행은 그렇게 비극으로 막 을 내렸다.

머릿속에서 완전히 잊혀진 피아노는 고등학생 때 짝이었던 친 구네 집에서 다시 만나게 됐다. 내가 도착했을 때 친구는 마침 피 아노를 치고 있었다. 곡이 귀에 익어서 자세히 들어보니 당시 내 가 가장 좋아하던 가수의 노래였다. 그 노래를 피아노로 연주하는 것은 처음 들어보았는데 그야말로 눈물겨울 만큼 감미로웠다. 아 름다운 선율도 그렇지만 그보다 나를 더 감탄하게 만든 것은 친구 의 끈기였다. 피아노를 저만큼 잘 치려면 대체 그 지루한 바이엘이 나 하농, 체르니 같은 연습곡을 얼마나 많이, 얼마나 오래 쳐야 했 을까? 하지만 연습곡을 얼마나 쳤냐는 질문에 친구는 어리둥절한 표정을 지었다.

"나 연습곡은 쳐 본 적 없는데?"

"말도 안 돼. 그럼 피아노 배울 때 뭘 쳤어?"

"내가 치고 싶은 걸 쳤지."

도무지 믿을 수 없다는 듯 바라보는 나에게 친구는 자신이 피아노를 배운 과정을 들려주었다.

친구도 나처럼 어렸을 때 피아노와 사랑에 빠졌다고 했다. 다만 그녀의 부모님은 전문교사를 붙이는 대신 유치원 교사인 어머니가 그녀에게 직접 악보 보는 법과 피아노 계이름을 가르쳤다. 그런 뒤 무슨 노래를 치고 싶으냐고 물었다. '반짝반짝 작은 별'과 '곰 세 마리'를 치고 싶다고 하자 어머니는 악보를 구해 와서 스스로 연습해 보라고 했다.

그녀는 아무 부담감 없이 놀이하듯이 피아노를 쳤다. 악보를 보며 더듬더듬 한 음씩 치다 보면 어느새 한 곡이 끝나 있었다. 마음에 드는 곡은 막힘없이 칠 수 있을 때까지 반복해서 쳤고, 마음에 들지 않는 곡은 몇 번 뚱땅거리다 말기도 했다. 그녀는 그렇게 수많은 곡을 익혔고 나중에는 학예회에서 피아노를 연주하는 수준까지 올랐다. 선생님과 친구들의 열렬한 박수를 받은 그녀는 피아노를 더욱 좋아하게 되었다. 그때까지도 부모님은 그녀가 치고 싶다는 곡의 악보를 구해다 줄 뿐 더 잘하기를 요구하거나 바라지 않았다. 그녀는 늘 즐겁게 피아노를 쳤고, 그것은 지금도 마찬가지라 했다.

나는 친구가 연주하는 모습을 가만히 바라보았다. 손은 느슨하게 풀어져 있고 운지법도 제멋대로였다. 전문가가 본다면 나쁜 버릇을 아마 수십 개쯤 지적할 것 같았다. 하지만 그게 다 무슨 상관인가.

그녀는 오후의 부드러운 햇살 속에 눈을 감고 피아노의 희고 검은 건반 위를 자유롭게 유영하고 있었다. 자신의 손가락이 만드는 선율에 취해, 희미한 미소를 띠고. 그런 그녀를 보고 몇 군데가 틀렸느니, 자세가 바르지 않다느니 지적할 사람은 없을 것이다. 그 순간 그 자리에 있는 것은 우아하고 생동감 넘치는 젊은 연주자와 그녀가 만들어내는 아름다운 음악뿐이었다.

마침 과일을 가져온 그녀의 어머니에게 왜 정식으로 피아노를 가르치지 않았느냐고 여쭸다. 그러자 아주머니는 어깨를 으쓱이며 이렇게 대답했다.

"저 아이가 정식 연주자가 되기를 바랐다면 그랬겠지. 하지만 그렇지 않은 이상, 음악은 어디까지나 즐기기 위한 것이라고 생각했거든. 피아노를 치면서 스스로 즐거울 수 있다면 그만 아니겠니? 굳이 전문가 수준에 도달할 필요까지 있나, 본인이 좋으면 된 거지."

　　나는 고개를 끄덕일 수밖에 없었다.

　　무언가를 배울 때, 그것으로 먹고살 작정이 아닌 이상 '배워서 할 수 있는' 정도만 되어도 충분하다. 배워서 즐겁고 할 수 있어 기쁘면 그만이다. 본인이 즐기면서 더 높은 경지를 추구하는 것은 상관없지만 경지에 이르지 못한다고 괴로워할 필요도 없다. 배운다고 무조건 '잘해야' 되거나 '완전히 정복해야' 하는 것은 아니다.

#2

　　이번 달부터 베이킹 수업을 듣기 시작했다. 수강생은 나를 포함해 여덟 명, 다들 열심히 배우려는 의지가 충만해서 분위기가 매우 좋았다. 그중에서도 특히 열심인 수강생이 한 명 있는데, 학교 다닐 때 분명히 모범생이었겠구나 싶을 만큼 강사의 지시를 정확히 따르는 모습이 도드라졌다. 밀가루의 무게를 달 때나 녹인 버터의 온도를 잴 때 한 치의 오차도 허락하지 않겠다는 듯 신중에 신중을 기한 결과, 오븐에서 나온 그녀의 작품은 마치 기계로 찍어낸 듯 모양과 색이 일정했다. 오, 놀라워라!

그에 비해 내 바로 옆 테이블을 차지한 여자아이들은 그야말로 자유분방 그 자체였다. 촉촉한 밀가루 반죽을 치댈 때부터 온갖 기발한 아이디어를 발휘해서 별의별 동물을 다 만들어내더니 나중에는 아예 창조적으로 레시피를 재해석하기 시작했다. 어떤 아이는 달아야 좋다며 설탕을 몇 스푼 더 넣었고, 어떤 아이는 평소에 바삭거리는 식감을 좋아한다며 일부러 몇 분 더 구웠다. 그리고 마침내 오븐에서 디저트를 꺼냈을 때, 그 달콤한 냄새를 참지 못하고 너 한 입, 나 한 입, 강사님 한 입 해 가며 다 먹어 치웠다. 그래놓고 뒤늦게 사진 한 장 못 찍었다며 호들갑 떠는 모습이 어찌나 귀엽고 재미있던지! 다들 배꼽을 잡고 웃었다.

그렇게 서로 웃고 떠들며 디저트를 맛보는 사이, 강사가 예의 그 모범 수강생 앞에 섰다. 그야말로 완벽 그 자체인 그녀가 만든 카스테라를 맛보려는데, 갑자기 그녀가 잠시 기다려 달라며 허둥지둥 카메라를 꺼냈다. 그리고 신중한 태도로 시간을 들여 상하좌우 모든 각도에서 사진을 족히 열 몇 장을 찍었다.

강사는 이미 식어 버린 디저트를 집어 들며 질문을 던졌다.

"카스테라를 별로 안 좋아한다고 하신 것 같은데, 맞나요?"

"맞아요. 저뿐만 아니라 가족 전부가 안 좋아해요. 그보다는 코코넛 과자처럼 담백하고 고소한 디저트를 선호하죠."

그녀는 잠시 망설이다가 한마디 덧붙였다.

"그래도 이왕 배우는 건데 뭐든 제대로 해야 하잖아요. 카스테라든, 코코넛 과자든."

강사가 또다시 물었다.

"베이킹은 왜 배우시는데요? 혹시 디저트 가게를 열 계획이세요?"
"아뇨, 그냥 가족들 해 주려고 배우는 거예요."

그러자 강사가 그녀의 어깨를 가볍게 토닥였다.

"그럼 좀 더 편안한 마음으로 하셔도 돼요. 다음부터는 그렇게 해 주세요. 저는 여러분이 '완벽한 디저트'가 아니라 '맛있는 디저트'를 만들 수 있기를 바라요. 그거면 충분하답니다."

그녀의 얼굴에는 당혹감이, 강사의 얼굴에는 미소가 떠올랐다.

"디저트를 만드는 건 얼마든지 가벼운 마음으로 해도 되는 일이에요. 팥소가 가득 든 빵을 좋아하면 터지지 않을 만큼만, 양껏 채워 넣으세요. 짭짤한 에그타르트를 먹고 싶다면 소금 반 스푼 정도를 더 넣어도 돼요. 피자빵을 삼각형으로 만들고 싶으면 그렇게 하세요. 베이킹은 본질적으로 창조적인 작업이랍니다. 만약 모두가 똑같은 모양의 크루아상을 만들고 맛도 구분 안 되는 똑같은 스펀지케이크만 굽는다면 얼마나 재미없겠어요?"

강사는 다정한 눈빛으로 우리를 둘러보았다.

"코코넛 과자가 좋다면 한 판 가득 굽고, 카스테라가 싫다면 아예 만들 생각도 마세요. 아무리 빼어난 디저트를 만든다고 해도 나와 가족이 맛있게 먹을 수 없다면 결국은 실패작이나 다름없어요. 베이킹의 목적은 어디까지나 자신과 내가 사랑하는 사람들을 기쁘게 하기 위한 것이니까요. 색과 모양과 맛이 완벽한 디저트를 만들지 못해도 괜찮아요. 여러분이 이곳에 있는 시간을 충분히 즐기며 편안한 마음으로 자신이 원하는 베이킹을 할 수 있기를 바랍니다."

소설을 쓰는 후배가 있다. 문장 스타일이며 아이디어며 당장 책을 내도 손색없을 정도라서 원한다면 괜찮은 출판사 몇 군데를 연결해 주겠노라고 넌지시 제안했다. 그런데 한참 망설이던 후배는 아직은 세상에 자기 작품을 내놓을 생각이 없다며 거절했다. 어째서냐고 묻자 뜻밖에 이런 대답이 돌아왔다.

"책을 냈는데 안 팔리면 너무 창피하잖아요."

절로 실소가 터져 나왔다.

"완벽한 결과가 보장되지 않는다면 아예 시도조차 하지 않겠다는 뜻이야? 아니, 왜?"

그녀의 걱정대로 책이 잘 팔리지 않을 수도 있다. 모든 책이 백만 부의 판매고를 올리는 것은 아니니까. 하지만 단 몇 사람이라도 내 책을 읽고 공감해 준다면, 내 글의 가치를 알아준다면 그것만으로도 충분하지 않은가.

첫술에 배부를 수는 없다. 마찬가지로 첫 시도에 만족할 만한 결과를 얻기란 쉽지 않다. 수십 년 작품 활동을 하고 수많은 상을 탄 작가도 스스로 완벽하다고 생각하지 않는다. 처음부터 완벽을 바라는 사람은 영원히 첫걸음을 뗄 수 없다. 스스로에게 그런 짐을 지우는 것은 실로 어리석은 짓이다.

하지만 안타깝게도 완벽하게 해내지 못할지도 모른다는 이유로 수많은 선택지를 시도조차 해 보지 않고 포기하는 사람이 너무나 많다.

#4

지난 주말, 집에서 TV를 보며 몇 달째 뜨고 있는 목도리를 마무리했다. 마침 집에 놀러 와있던 이웃집 아주머니가 엄마와 수다를 떨다 말고 내 손에 들린 뜨개질 거리를 보며 참견했다.

"아휴, 너무 단순한 무늬로만 뜨고 있네. 내가 예쁜 무늬 뜨는 법 몇 가지 알려 줄게. 그것만 배워 두면 보는 사람마다 네 뜨개질 실력이 대단하다고 감탄할 게다."

나는 방긋 웃으며 아주머니의 호의를 정중히 거절했다. 그런 뒤 계속 단순한 무늬로 뜨개질을 하며 TV를 봤다.

내가 뜨개질하는 이유는 TV를 보는 동안 심심한 손을 놀리기 위해서다. 단지 그뿐, 특별히 예쁘거나 대단한 작품을 만들고 싶은 마음은 없다. 멋진 목도리나 스웨터를 갖고 싶으면 백화점에 가서 하나 사면 그만이다.

가벼운 마음으로 시간을 보낼 수 있다는 점이야말로 '뜨개질'이 내게 주는 가장 큰 효과이자 가치다.

나는 뜨개질에 재주가 없다. 인정한다. 하지만 그런다고 나쁠 것 하나 없더라!

원하지 않을 권리가
없어지는 것

가난의 가장 아픈 점은
근본적으로 원하거나 원하지 않을 권리가 없다는 거야.
눈앞에는 그저 한 갈래 길뿐이지.
'원하지 말 것.'

#1

    너는 내 앞에 앉아서, 젊고 생기 넘치는 얼굴에 당혹감을 가득 담고, 순진무구하게 두 눈을 깜박이며 물었지.

    "왜 돈을 벌어야 해요?"

    아가씨, 좋은 질문이야.
    먼저 물어볼게. 만약 스스로 벌지 않으면 누구 돈을 쓸 생각이야? 부모님? 애인? 남편? 혹은 더 먼 미래의 자식들? 뭐, 그것도 나쁘진 않겠다.
    그렇다면 평생 잊지 말아야 할 주문이 있어. 이 주문을 외울 때는 반드시 목소리를 낮추고, 최대한 부드럽게 말해야 해. 불쌍해 보이는 표정도 지어야지. 눈빛은 간절하게, 거기에 적절한 동작이 곁들여지면 더 좋아. 그렇게 만반의 준비가 됐다면 자, 주문을 외워 보자.

    "미안한데 돈 좀 줄 수 있어…?"

    설혹 거절당해도 미소는 잃지 말고, 쉽게 좌절하지 말고, 끈질

기게, 온갖 수단을 동원해서 끝까지 엉겨 붙어야 해. 심지어 다른 모종의 대가를 치르더라도 기어코 목적을 달성해야만 하지. 어쨌든 돈 없이 살 수 없는 사회니까.

그렇게 얻어낸 돈으로 지갑을 두둑이 채우고 나면 가방이든 옷이든 화장품이든 뭐든 살 수 있어. 간단해. 머리 아플 일도 없지. 솔직히 구걸이나 다름없긴 하지만, 뭐 어때.

단, 이 말 한마디는 꼭 기억해 둬.

✦ ✦

다른 사람의 돈을 쓰는 한
그 사람에게 종속될 수밖에 없어.

부모에게 손 벌리는 너는 평생 자라지 않아 맘 졸이게 만드는 '아이'야. 부모는 매일같이 걱정할 테지. '우리가 늙어 죽고 없으면 저 아이는 어찌할꼬…' 하고.

배우자에게 손 벌리는 너는 독박 육아에 살림까지 도맡느라 초죽음이 되어도 짜증스러운 기색으로 "벌써 다 썼어? 내가 밖에서 얼마나 힘들게 버는지 아는 거야, 모르는 거야?"라고 내뱉는 배우자에게 대꾸 한마디 제대로 할 수 없어.

자식에게 손 벌리는 건 그나마 나으려나. 어쨌든 낳고 길러 줬으니까 당연한 일일 수도 있지. 하지만 내 돈 한 푼 없이 남은 생을 자식에게 온전히 의지한다는 것은 생각보다 큰 도박이야. 자식이 효심이 깊다면 그나마 다행이지. 적어도 부모 대접은 해 주면서 부양해 줄 테니까. 하지만 자식이 불효하다면 얼마나 비참한 말년을 보내게 될까. 어휴, 상상도 하고 싶지 않아.

왜 그렇게 비관적으로만 말하냐고 할지도 모르겠다. 하지만 미안, 이게 현실이야.

경제적 기초는 곧 삶의 기초, 부정하려 해도 우리 주변에 그 증거가 널려 있지.

#2

네 또래의 젊은 아가씨에게서 어느 날 전화가 왔는데, 내가 받자마자 펑펑 울더라.

무슨 일이냐고 물어보니까 오늘 퇴근길에 골목에서 어미 개랑 강아지들이 버려져 있는 걸 봤다는 거야. 그 추운 날씨에 얇은 박스 안에서 저들끼리 딱 붙어 덜덜 떨고 있더래.

너무 가엾고 불쌍했지만 차마 데려오지 못했대. 원체 강아지도 좋아하고 동정심도 많은 친구인데, 도저히 그럴 수가 없었대. 이유는 간단해. 감당 못 할 게 뻔하거든. 한 달 벌어서 겨우 자기 하나 먹고살기도 빠듯한데 어미부터 새끼까지 몇 마리를 어떻게 키우겠어.

그래서 박스 안을 한참 들여다보다가 결국 혼자 돌아왔다고 해. 차마 떨어지지 않는 발걸음을 가까스로 옮기며.

생각해 보면 별것 아닌 일이야. 그녀한테 개들을 거둬야 할 의무가 있는 것도 아니잖아. 하지만 울면서 그러더라, 절망스러웠다고. 지금까지는 얼마를 벌든 상관없었고 가난도 무섭지 않았대. 하지만 꼬물거리는 그 작은 생명들을 그 자리에 그냥 두고 떠나오면서 깨달았대.

✦ ✦

어떤 소중한 것들은,
부유하다고 꼭 얻게 되지는 않지만
가난하다면 반드시 끝없이 잃으며 살게 되겠구나.

하도 울어서 쉬어 버린 목소리로 그녀가 말했어.

"제일 무서운 건 가난이 선량해질 힘조차 앗아간다는 거예요."

#3

내가 아는 또 다른 아가씨가 있어. 너처럼 예쁘고 사랑스럽지. 연애도 잘하고, 남자친구도 자주 바뀌었어. 보통 사랑을 하면 행복해야 하잖아? 그런데 그녀는 늘 우울했어. 한번은 너무 궁금해서 왜 그러느냐고 물었지. 그랬더니 한참을 생각하다 이렇게 대답했어.

"아마 항상 그 사람 돈을 써서 그런 것 같아요."

상대가 아무리 돈이 많아도 남의 돈을 쓰면 결국 마음 한구석이 불편해지더래. 자신에게 어떤 대가를 요구할지 알 수 없어서 불안하기도 하고. 어쨌든 오는 게 있으면 가는 것도 있기 마련이잖아. 심지어 상대가 자신에게 얼마나 많은 돈을 썼는지 알기 때문에 싫어졌는데도 바로 헤어지지 못하고 지지부진하게 계속 만난 적도 있다더라.

돈 없는 사람을 만나면 또 그것대로 힘들었대. 주머니 사정 빤한데 상대가 계속 돈을 내게 두는 것도 미안하고, 그렇다고 자기가 능력이 있는 것도 아니고. 상대를 진심으로 좋아할수록 미안함과 죄책감이 커져서 결국 헤어지게 됐대.

이런 상황이 꼬리에 꼬리를 물고 반복되니 늘 우울할 수밖에 없었던 거지.

#4

내가 좋아하는 소설에 이런 내용이 있어.

남자 주인공은 어느 한구석 흠잡을 데 없는 훌륭한 사람이야. 성실하고 다정하고 능력 있는 데다 나쁜 습관 하나 없지. 단점이 있다면 단 하나, 미니어쳐를 수집해. 컬렉션에 광적이어서 6개월 치 봉급을 미니어쳐 사는 데 써 버리기도 하지.

여자 주인공은 그게 고민이야. 그를 너무나 사랑하지만, 또 그 사람만큼 자신을 사랑해 줄 사람이 없다는 것도 알지만 아무래도 먹고사는 일이 걸리거든. 자신도 그렇게 넉넉한 편이 아니야. 한 달 살기도 빠듯해. 지금이야 연애만 하니 괜찮을지 몰라도 결혼하면? 결혼해서도 미니어쳐 하나에 6개월치 월급을 쓰는 남자와 잘 살 수 있을까? 결국 내가 모든 생활을 책임져야 하는 상황이 오면 어쩌지?

결론은 헤어지게 돼. 그들의 절절한 연애사를 다 아는 친구가 그녀에게 묻지.

"결국 그 사람은 너한테 Mr. Wrong이었던 거네?"
"물론 나한테는 그랬어도, 누군가에겐 Mr. Right일 수 있겠지."

여주인공의 대답에 친구가 심드렁하게 대꾸해.

"신기한 일도 아니지. 그 사람이 나쁜 인간인 것도 아니고, 능력 있고 돈 많은 여자 입장에서 본다면 미니어쳐를 모으는 취미쯤이야 귀엽지 않겠어? 네가 그런 여자가 아닌 게 아쉬울 따름이지, 뭐. 네가 그만한 자격이 안 되어 이렇게 됐으니 누굴 원망하겠니?"

'자격이 안 된다'는 말에 여주인공은 낙담하고, 이렇게 중얼거려.

"맞아, 능력 있는 여자라면 이것저것 따지지 않고 그저 사랑만 보고 결혼할 수 있을 거야. 결혼뿐만 아니라 자기가 하고 싶은 일

나에게 힘과 능력,
거기에 자신을 사랑하는 강단만 있다면
누구든 나의 Mr. Right이 될 수 있다.

이라면 무엇이든 할 수 있겠지."

　내가 먼저 능력 있는 사람이 되어야 하는 이유가 바로 여기 있어. 사랑에서 평등한 자격을 갖추기 위해서지. 상대가 돈이 있건 없건 신경 쓰지 않고 내 감정만 신경 쓰면 되니까. 돈이 있으면 금상첨화, 없어도 비참해질 일은 없지. 함께하는 동안에는 사랑이 주는 달콤함만 즐기면 되고, 헤어지면 지금껏 그래 온 것처럼 앞으로도 혼자 잘 살아가면 돼. 더 잘살 수도 있지.

✦ ✦

나에게 힘과 능력,
거기에 자신을 사랑하는 강단만 있다면
누구든 나의 Mr. Right이 될 수 있다.

#5

　나이 많은 아버지가 중병으로 입원했어. 수술을 해야 살 수 있는데, 하나뿐인 자식인 아들이 돈이 없는 거야. 결국 수술비가 없어서 치료를 포기했고, 아버지는 죽기만을 기다리게 되었지. 아들은 숨도 제대로 쉬지 못하는 아버지의 병상 옆에 엎드려 자신의 처지를 저주했어.

"아빠! 불효한 저를, 능력 없는 아들을 용서하세요. 돈 잘 버는 배우자를 만나지도 못했고, 거둬야 할 자식은 줄줄이라… 아빠, 죄송해요…."

왜 돈을 벌어야 하냐고 물어봤지? 이런 순간을 위해서가 아닐까?

죽어가는 부모 곁에서 후회하지 않기 위해, 후회하는 게 고작 '돈 잘 버는 배우자를 만나지 못한 것'이 되지 않기 위해, 스스로 위기를 벗어나지 못하고 마음씨 좋은 누군가의 도움과 동냥에 목매지 않기 위해.

생사가 경각에 달린 위태로운 순간에 당당히 의사 앞에 서서 '우리 아빠에게 최고의 치료를 해 주세요! 비용이 얼마가 들든 상관없어요. 다 이럴 때 쓰려고 번 돈이니까! 내 돈 내가 쓴다는데 누가 뭐라고 하겠어!'라고 외치기 위해.

사랑하는 가족이 세상을 뜨는 것은 누구에게나 슬픈 일이야. 하지만 열심히 돈을 벌어 둔다면 적어도 이런 비참한 이유로 천추의 한을 남기는 비극은 피할 수 있지 않을까.

6

인터넷에서 유행처럼 떠도는 부자와 한량 이야기를 들려줄게. 부자가 해변으로 휴가를 보내러 갔다가 우연히 한량과 마주쳤어. 하릴없이 바닷가에 누운 한량을 보고 부자가 왜 일하지 않느냐고 물었지. 한량은 이렇게 반문했어.

"일하면 뭘 얻을 수 있소?"

부자가 말했지.

"열심히 일해서 부를 쌓으면 나처럼 이렇게 해변으로 놀러 와 일광욕을 할 수 있지요."

그러자 한량이 툭 내뱉었어.

"나는 지금도 해변에서 일광욕 중인데, 굳이 일할 필요 없겠구먼."

난 이런 종류의 궤변을 좋아하지 않아. 단순한 말장난으로 '하루하루 그저 되는 대로 살아가도 된다'는 식의 잘못된 생각을 심어

주잖아. 그보다 더 무서운 건 게으름뱅이와 겁쟁이에게 그럴듯한 변명거리를 준다는 거야. '돈으로 행복을 살 수는 없다'는 소리를 당당히 내뱉게 만들고, 마치 가난이 고귀한 가치인 양 착각하게 만들지.

만약 내가 이야기 속 부자였다면 이렇게 대답했을 거야.

"내가 열심히 일해서 돈을 버는 이유는 선택할 자격을 갖기 위해서입니다. 부자는 해변에서 일광욕을 할 수도 있고, 스위스에 가서 스키를 탈 수도 있고, 파리에 가서 와인을 마실 수도 있으며, 두바이의 5성급 호텔에서 낮잠을 잘 수도 있죠. 하지만 한량은 그중 어느 것도 선택할 수 없소. 똑같이 해변에서 일광욕을 하더라도 여러 개의 가능성 중 하나를 선택해서 하는 것과 선택할 수 있는 게 그것밖에 없어서 그러고 있는 것은 천지 차이라오."

✦ ✦
가난의 가장 아픈 점은
근본적으로 원하거나 원하지 않을 권리가 없다는 거야.
눈앞에는 그저 한 갈래 길뿐이지.
'원하지 말 것'

서머싯 몸의 『인간의 굴레』에 이런 구절이 있어.

> "사람이 좇아야 할 것은 비단 재물뿐이 아니다.
> 그러나 스스로 삶의 존엄을 지킬 수 있을 만큼의 재물
> 은 있어야 한다."

이제 알겠어?

적어도 자신의 운명을 통제할 권리를 얻기 위해 노력해야 하는 거야.

물론 이 세상에는 행운아들도 있어. 금수저를 물고 태어나 별다른 노력 없이 부를 누리고, '당장 어떻게 먹고살아야 할까?' 걱정해본 적 없는 사람들. 이미 모든 것을 가지고 자신만큼 부유하고 사랑스러운 반려자를 만나 평생 풍파 한 번 겪지 않고 살아가는 사람들.

보기만 해도 부럽고, 속이 뒤틀릴 만큼 질투가 나기도 하고, 내 신세는 처량하게 느껴질 수도 있겠지. 그들이 내게서 무엇을 빼앗아간 것도 아닌데 이른바 '상대적 박탈감'도 느껴지고 말이야.

하지만 다 소용없는 짓이야. 질투할 필요 없어. 그건 그 사람의 복일 뿐, 어차피 내 것은 아니잖아?

자신을 똑바로 봐. 금수저는커녕 수저라고 부를 만한 것도 없고, 눈앞에 놓인 것은 위태로운 외나무다리, 다른 수많은 사람과 마찬가지로 비슷하고도 평범한 인생을 살아야 하지.

대체 뭘 기대하고, 뭘 바라는 거야?

스스로 기적을 만들어나갈 시간을 충분히 갖고 있으면서 멍하니 앉아 미지의 행운을 기다리며 그 시간을 낭비하는 것만큼 어리석은 짓은 없어.

설마 그 정도로 바보는 아니겠지?

그러니 정신 바짝 차리고 내일부터 제대로 살아 봐. 여태껏 놀았다면 당장 일거리를 찾고, 일하고 있다면 더 열심히 살 방법을 궁리해. 일하기 힘들고 사장이 치사하고 동료들이 뭣 같아도, 화가 나고 눈물 나고 이가 갈려도 버텨. 버티는 거야. 원래 인생은 고난의 연속이고 모든 것은 필연이니까.

그렇게 나의 피와 땀과 눈물로 지갑과 통장 잔고를 채운 뒤 내가 번 돈으로 갖고 싶었던 가방을 사고 내 이름으로 집이나 차를 계약하는 순간, 그때 비로소 알게 될 거야. 버티고 버티며 여기까지 오는 동안 알게 되고, 깨닫고, 이해하고, 갖게 된 것이 돈 말고도 엄청나게 많다는 사실을.

✦ ✦

평생 부자는 되지 못할지도 몰라.
하지만 적어도 돈 때문에 나의 가치를 낮출 일은
더 이상 없을 거야.

돈이 없어 비굴해지거나, 사랑을 포기하거나,
고통받거나 후회할 일 따위는 없어.
이게 바로 우리가 죽어라 노력해서
돈을 벌어야 하는 가장 분명한 이유야.

내가 바라는
삶은

'정갈함'은
물질적 극치가 아니라 정신적 극치다.

내 인생에는 절대 잊지 못할 세 명의 할머니가 있다.

#1

첫 번째는 프랑스 파리에 머물 때 이웃에 살던 할머니다. 일흔을 훌쩍 넘긴 백발의 그녀는 희고 붉은 장미가 흐드러진 아름다운 정원이 있는 작은 저택에 혼자 살았다. 장미가 얼마나 싱그럽고 탐스러운지, 볼 때마다 심장이 두근거릴 정도였다. 그녀의 정원에 매료된 게 나만은 아니었는지 무심코 창밖을 내다볼 때마다 할머니의 정원 앞에서 사진을 찍는 사람들을 볼 수 있었다.

하지만 정원보다 더 매력적인 것은 바로 주인 할머니였다. 그녀는 사람들이 사진을 찍고 있으면 슬쩍 문을 열고 나와 방긋 웃으며 물었다.

"시간 있으면 들어와서 차 한잔하고 가려우?"

나 역시 오후의 티타임에 종종 초대를 받았는데, 처음 그녀의 집에 들어갔을 때 느꼈던 경이로움이 아직도 생생하다.

그토록 사랑스러운 집이라니! 할머니의 저택은 크지 않았지만 작은 소품부터 오래된 가구에 이르기까지 모든 것이 딱 맞는 자리에 놓여 은은한 세월의 빛을 내뿜고 있었다. 또 장미 애호가의 집답게 곳곳에 신선한 장미가 예쁜 화병에 꽂혀 있었다. 할머니는 장미로 이런 것도 할 수 있다며 내게 직접 만든 꽃 모양 비누와 향기로운 쿠키를 선물로 주셨다.

할머니가 차를 꺼내려고 찬장을 열었을 때 나는 또 한 번 놀라고 말았다. 알록달록 예쁜 캔이 찬장 한가득 차 있었기 때문이다. 세계 각지에서 모아온 차*라고 했다. 스리랑카 고지대에서 난다는 우바, 인도의 다즐링과 아쌈 같은 홍차부터 일본의 말차, 중국의 철관음, 남미의 마테차까지 그야말로 없는 게 없었다. 할머니는 예전에 여행을 자주 다녔는데 가는 곳마다 하나둘씩 모으다 보니 이렇게 많아졌다고 말했다.

거실에 앉아 할머니가 끓여 준 향긋한 차를 마시며 이런저런 이야기를 하고 있으면 어디선가 갸르릉 소리를 내며 샴고양이가 나타났다. 매끈하고 윤기 흐르는 털에 바다색 눈동자가 아름다웠던 그 고양이는 늘 프랑스 궁정의 귀족처럼 느리고 고상하게 움직여서 감탄을 자아냈는데, 사실 그건 할머니도 마찬가지였다. 젊은 시절 발레를 배웠다더니 그래서일까. 손짓과 몸짓 하나하나가 매끄럽고 아름다웠다. 심지어 딸기 파이를 자르는 동작마저 우아했다.

할머니는 내가 작가이며 시를 좋아한다는 사실을 알고 매우 기뻐했다. 그녀 역시 시를 사랑했기 때문이다. 보들레르의 『악의 꽃』, 칼린 지브란의 『모래, 물거품』을 이야기하며 잔뜩 들떠 있는 그녀의 모습은 꼭 열일곱 살 소녀 같았다.

평생을 독신으로 살아온 할머니의 유일한 가족으로 수양딸이 있었는데, 십여 년 전에 먼저 세상을 떠났다고 했다. 하지만 그녀는 슬픔도, 외로움도 내비치지 않았다. 젊은 시절의 딸이 환하게 웃는 사진을 머리맡에 두었다가 매일 잠들기 전 사진에 키스를 한다는 이야기를 할 때도 여전히 희미한 미소를 지었다.

그녀는 농담도 잘했다. 젊은이가 좋아하는 위트와 젊은이가 따라갈 수 없는 지혜가 있었고, 길에서 우연히 만난 이와도 오랜 친구처럼 대화할 수 있는 친화력이 있었다. 온 동네에 그녀를 모르는 사람이 없었다. 그녀를 좋아하지 않는 사람도 없었다. 그녀에 관해 이야기할 때면 모두가 '그 할머니'가 아니라 '그 친구'라고 불렀다.

＋ ＋

많은 세월이 흘렀지만 나는 여전히 그녀가 보고 싶다.
그 정결하고 매력적이며 기품 있는 노인이 그립다.

나이가 들어도 얼마든지 사랑스러울 수 있음을,
얼마든지 그리움의 대상이 될 수 있음을
그녀는 내게 가르쳐 주었다.

#2

나의 친척 할머니도 파리의 할머니와 결이 비슷했다. 먼 지방에
사는 그녀의 집에 다녀올 때마다 우리에게는 항상 무언가 이야깃
거리가 생겼는데, 나이 든 사람이 젊은 사람의 화제에 그다지 오르
지 않는다는 점을 고려하면 할머니가 얼마나 인상적인 인물이었
는지 알 수 있다.

젊은 시절 할머니는 이른바 곱게 자란 부잣집 규수였다. 얼마나
부자였느냐면 그 시대 유명한 경극 배우인 매란방梅蘭芳이 집안 잔
칫날 와서 노래를 부를 정도였다. 할머니가 어렸을 때는 먹고 싶은
것, 입고 싶은 것을 한 번도 고민하지 않고 모두 얻었다고 했다.

이후 가세가 기울었지만 오랜 세월 몸에 익은 습관은 변하지 않았다. 기억나는 것부터 이야기하자면 이른 새벽에 차를 마시는 습관으로, 이는 할머니 인생에서 철칙과 같았다. 할머니가 가장 좋아한 것은 말리화 차였다. 최상품을 종류별로 갖춰 놓고 있었을 뿐만 아니라 일부러 말리화를 키워서 꽃을 따 말려 두었다가 차를 마실 때마다 한 송이씩 띄우기도 했다. 말린 꽃봉오리가 진한 향기를 뿜으며 뜨거운 찻물 안에서 피어나면 보기도 좋고 맛도 좋았다.

부자로 살던 습관은 '반드시 고기가 있을 것'이라는 음식 원칙에도 잘 나타났다. 할머니 집에서는 매 끼니마다 식탁에 한 덩어리라도 고기가 꼭 올라왔다. 게다가 할머니가 만드는 음식은 하나같이 희한할 정도로 맛있었는데, 심지어 단순한 무나물마저도 다른 곳에서는 맛보지 못한 풍미가 느껴졌다. 나중에 알게 된 할머니의 비법은 바로 육수였다. 일주일에 한 번 고기 육수를 진하게 끓여서 항아리에 넣어 두었다가 요리나 반찬을 할 때 한 국자씩 넣었던 것이다. 이 역시 부자로 살던 시절의 습관이었다.

할머니는 늘 본인이 직접 지은 고풍스럽고 깔끔한 전통 의복을 입었다. 모양은 소박해도 옷감이 좋은 옷들이었다. 대개 순면이나 비단을 썼는데 여름철에 놀러 가면 우리에게도 얇은 비단옷을 입혔다. 비단만큼 시원한 옷도 없다는 게 이유였다. 또 집에 놀러 온

친척 중 입성이 초라한 이가 있으면 당장 커다란 궤짝에서 좋은 천을 꺼내어 뚝딱뚝딱 옷을 지어 주기도 했다. 나중에 할머니가 돌아가신 후 집을 정리하다가 붙박이장 하나 가득한 옷감들을 발견했다. 색과 무늬는 소박했지만 촉감이 고급지고 부드러운 게 그녀를 꼭 닮은 옷감들이었다.

✦ ✦

할머니가 세상을 떠난 지 벌써 수년이 흘렀지만
우리는 아직도 그녀를 추억한다.
그렇게 기품 있는 사람을,
그토록 고아한 삶의 모습을 살면서 또 만날 수 있을까.
아마 힘들 것이다.

#3

마지막은 이웃에 사는 가난한 할머니다.

그녀는 자식들에게 버림받고 작은 집에 혼자 살았다. 생계유지를 위해 매일 작은 손수레를 끌고 나와 손수건이나 바늘꽂이 등 여러 가지 소품을 팔았는데, 놀랍게도 주변 사람들 모두 이런 그녀를 무시하기는커녕 오히려 존중하고 존경했다. 그게 가능한가 싶 겠지만 그녀를 실제로 본다면 절로 수긍하게 될 것이다.

궁핍한 형편에도 할머니는 늘 단아했다. 눈처럼 하얀 백발은 저렴하지만 향기 좋은 머릿기름을 발라 꼼꼼히 빗어 넘겼고, 낡고 여기저기 기운 옷일지언정 깨끗이 빨아 말끔히 다려 입었다. 흔히 말하는 노인 냄새는 조금도 나지 않았다. 머리끝부터 발끝까지 깔끔 그 자체였다.

파는 물건도 대부분 그녀가 직접 만든 것이었다. 수를 놓은 손수건, 뜨개질한 목도리, 토시 따위였는데, 보기만 해도 할머니 솜씨에 감탄이 절로 나왔다. 동네 아이들이 물건을 사러 오면 쌈지에서 볶은 땅콩 같은 간식을 꺼내 나눠 주었는데 그 쌈지에조차 작고 예쁜 꽃들이 아름답게 수놓아져 있었다.

햇살 좋은 날이면 할머니는 한 채뿐인 이불을 꺼내어 팡팡 털고 널어 볕을 쬐었다. 해를 잔뜩 머금은 이불은 보송하다 못해 바스락 거렸다. 그녀는 종종 널어 둔 이불 옆에 앉아 베갯속을 갈았는데 주로 시골에서 가져왔다는 메밀껍질을 채워 넣었다. 때로는 이웃이 필요 없다고 내준 찻잎을 바싹 말려 넣기도 했다. 찻잎이 들어간 베개는 토닥토닥 두들길 때마다 은은한 차향을 풍겼다.

한번은 무언가 사러 갔다가 우연히 할머니의 도시락을 보게 되었다. 자그맣고 낡은 양은 도시락통 안에는 잡곡밥과 나물 반찬 몇 가지뿐이었지만 색 조합이며 담음새가 너무 예뻤다. 게다가 냄새는 또 왜 그리 향긋한지! 철없는 아이들이 지나가다 냄새에 이끌려 한 입만 먹어 봐도 되냐고 졸라댔다.

그녀는 겉모습뿐만 아니라 태도도 멋졌다. 손수레 곁에 앉아 있다가 아는 사람을 만나면 입가에 미소를 머금고 고개를 살짝 숙여 인사하는 모습에는 여유와 당당함이 엿보였다. 할머니에게는 손수 자기 삶을 꾸리고 이끌어 가는 자의 기개가 있었다.

매정한 자식들이 왜 그녀를 버렸는지는 모르겠지만 한 가지만은 확실하다. 자식이 없어도, 가족이나 친지가 없어도, 아니 세상에 아무도 없어도 그녀는 여전히 여유 있고, 정갈하고, 윤택하고, 자유롭게 살아갈 것이다. 생활에 끌려가지 않고 생활을 스스로 만들어 가는 사람은 그럴 수밖에 없다.

우리는 변명처럼 말한다. 복잡하고 힘들고 각박한 세상, 할 일도, 스트레스도 넘쳐서 생활을 정리하고 돌볼 시간도, 여유도, 여력도 없다고. 그러니 대충 시켜 먹고, 청소는 미루고, 빨래는 입을 게 없을 때 하고, 옷은 건조대에서 바로 걷어 입고, 봉두난발에 부은 얼굴로 하루를 보내도 어쩔 수 없지 않느냐고.

✦ ✦

생존을 위해 생활을 잊는다.
아니, 무시한다.
살아남기 위해 살아가는 일을 소홀히 한다.

　그럴 때 이 할머니들은 존재만으로 내게 커다란 가르침이 된다. 스스로 비춰 보고 부족함을 반성하게 하는 거울이 된다.
　내 인생의 각기 다른 시기, 다른 곳에서 만난 세 명의 할머니는 서로 매우 닮아있다. 각자 처지는 달랐지만 모두가 자신의 생활을 정갈하게 꾸려 가는 법을 알고 있었다.

　누군가는 그들의 나이를 핑곗거리로 삼을지 모른다. 오랜 세월 세상 풍파를 겪다 보니 자연히 기품과 교양이 생긴 것이라고, 그랬기에 그런 정갈한 생활이 가능하다고 할지도 모른다.
　우리는 젊으니까, 아직 미숙하고 혈기 왕성하니까 사는 게 조금은 엉망이고 대충이어도 어쩔 수 없다고 할지도 모른다.
　하지만 이 역시 또 다른 변명일 뿐이다. 정갈한 생활은 나이와 상관없다. 나는 그 사실을 한 젊은 친구를 보며 깨달았다.

#4

그녀는 평범한 직장인이다. 8시 반까지 출근하고 퇴근은 5시지만 더 늦어질 때도 많다. 그럼에도 그녀의 일상은 비교적 규칙적이고 정갈하다. 매일 아침 일찍 일어나 40분 정도 조깅을 한 뒤 아침을 챙겨 먹는다. 잘 차린 아침상을 사진으로 찍어 블로그에 올리는 것도 중요한 일과다. 설거지를 하고 샤워를 한 뒤 얼굴에는 간단하게 메이크업 베이스 정도만 바르고 출근한다.

출근해서는 가장 먼저 컴퓨터를 켜고 옆에 놓아 둔 작은 식물에 물을 준다. 그리고 텀블러에 담아온 따뜻한 차를 마시며 오전 업무를 처리한다.

점심을 먹고 나면 30분 정도 짬이 나는데, 그녀는 이 시간 동안 짧은 낮잠을 잔다. 안대와 푹신한 목베개를 끼고 의자에 기대어 한숨 자고 나면 훨씬 맑은 정신으로 오후 일을 처리할 수 있다.

그녀가 저녁 약속을 잡는 일은 거의 없다. 너무 늦은 시간에 기름지게 먹거나 과식하는 일을 꺼리는 데다 술도 좋아하지 않기 때문이다. 퇴근 후에는 곧장 집으로 돌아와 씻고 저녁을 차려 먹은 후 한 시간 정도 책을 보거나 아껴 두었던 드라마 한 편을 본다. 얼굴 가득 영양 크림을 바르고 마사지하며 드라마를 보는 것이 소소

한 낙이다. 잘 매만져서 매끈해진 얼굴을 톡톡 두드리며 누우면 잠들기에 딱 좋은 상태가 된다.

주말에 친구들과 소풍을 갈 때 그녀가 끼면 모임의 품격이 달라진다. 일단 그녀가 없을 때 당연하게 준비되던 번쩍이는 은박돗자리와 편의점 김밥이, 빨간 체크무늬 돗자리와 홈메이드 샌드위치로 업그레이드된다. 거기에 날이 서늘하면 무릎담요와 핫팩이, 날이 더우면 휴대용 선풍기가 더해진다. 손을 닦을 수 있는 물티슈와 쓰레기를 따로 담을 봉투는 기본이다.

다들 왁자지껄 떠들고 있으면 그녀는 바구니에서 온갖 맛난 것들을 꺼내어 마술처럼 펼쳐놓는다. 꼭지 뗀 딸기, 잘 구운 쿠키와 크래커, 작고 예쁜 병에 담긴 형형색색의 과일잼, 그리고 직접 내려 보온병에 담아온 커피를 우리에게 따라 준다. 그 모든 행동이 그녀에게는 지극히 자연스럽다. 억지로 꾸며낸 부분은 하나도 없이 모든 게 절로 몸에 배어 있달까.

요즘 그녀는 남자친구가 없지만 그녀를 아는 사람은 모두 이렇게 생각한다. '연애를 못 하는 게 아니라 안 하는 것이라고. 지금 그녀 주변에는 그녀에게 어울릴 남자가 없다'고 말이다.

그녀의 행동 하나하나는 남에게 보여 주기 위한 것이 아니었다.

그저 자신에게 주어진 하루를 더욱 정갈히 살아가기 위해 의식하고 노력한 자연스러운 결과다.

✦ ✦

바쁘게 돌아가는 하루,
정신없이 지나치는 인파 속에서
나는 종종 다른 색채를 지닌 섬세한 그림자들을 만난다.
단순히 살아남는 데 매몰되지 않고
잘 살아가려고 애쓰는, 반짝이는 노력들을 마주친다.

매달 월급에서 일부분을 떼어 모아 몇 달 만에 좋은 구스이불을 샀다는 사회초년생이 그렇다. 지친 하루의 끝, 자신에게 안락하고 포근한 잠자리를 선물하고 싶었다는 그녀의 말이 듣기 좋았다.

오롯이 자신만을 위해 안락의자를 들여놨다는 아랫집 아주머니가 그렇다. 하루 종일 가족들 뒤치다꺼리에 산더미 같이 쌓인 집안일을 해치운 늦은 저녁, 안락의자에 몸을 깊숙이 묻고 다리를 쭉 펴면 오늘 하루도 잘 살아냈다는 실감이 든다고 했다.

전기용접일을 하는 이웃 아저씨는 외국 사는 친구에게 부탁해 영국 왕실에서 쓴다는 이집트산 고급 타월과 가운을 샀단다. 우연한 기회에 써 봤을 때 얼굴을 폭 감싸는 느낌이 너무나도 좋았기 때문이다.

자신을 소중히 대하고 싶은 욕구는 누구에게나 있다. 다만 각자에게 맞는 방식을 아직 찾지 못했거나 찾아가고 있을 뿐이다.

정갈한 생활은 명품 가방이나 비싼 차나 호화로운 집으로 만들어지지 않는다. 물질적 풍요가 정갈한 생활을 보장하지는 않는다는 뜻이다.

아무리 값비싼 명품 구두를 신는다고 해도 한 켤레에 만족하지 못하고, 두 켤레, 세 켤레, 새로운 구두를 계속 사들이는 것은 졸부의 행태에 불과하다. 이런 사람은 자신이 가진 부 덕분에 부러움의 대상은 될 수 있을지언정 존경받기는 힘들다. 아니, 멸시를 당하지나 않으면 다행이다.

진짜 신사는 최고급 수제화 한 켤레를 사서 잘 관리하며 오래도록 신는다. 항상 곧고 바른 자세로 걷고, 함부로 발을 끌거나 부딪치지 않기 때문에 신발을 상하게 하는 일도 없다. 평소에는 구두의 먼지를 털어 두며 일주일에 한 번은 꼼꼼하게 광내어 닦는다. 이렇게 소중히 다뤄진 구두는 세월이 갈수록 가죽이 부드러워지고 은은한 광택이 나며 어떤 명품 구두도 따라올 수 없는 깊은 멋을 지닌다.

정갈한 삶의 태도를 지닌 사람만이 정갈한 물건의 주인이 될 수 있다.

길가에서 산 꽃 한 송이, 어느 집에나 있는 평범한 이불, 흔히 살 수 있는 전기주전자, 특별할 것 없는 디자인의 기성복도 이들의 손에 들어가면 정갈함의 일부분이 된다.

'정갈함'은 물질적 극치가 아니라 정신적 극치이며, 억지로 꾸며낼 수 있는 게 아니라 오랫동안 진심으로 추구하고 노력해야 얻을 수 있는 결과다.

✦ ✦

정갈한 삶의 본질이란
결국, 구석구석 제 손으로 돌보고 꾸린
편안한 공간에서 잠들고 깨며,
평범한 매일을 좀 더 충만하고 건실한 하루로
만들어가는 데 있다.

정갈하게 사는 사람은 누구나 왕족이다,
자신의 삶을 온전히 다스리고 있기에.

나도 정갈하게 살고 싶다. 내 삶의 왕족이 되고 싶다.
정갈한 생활을 위한 노력은 그래서 지금도 현재진행형이다.

절망에
빠져 있을 때
필요한 한마디

내 영혼의
닭고기 수프

모든 것을 완벽하게 치료하는 명약 따위는 없다.
상처를 싸맬 수 있는 붕대만 있어도 충분히 감사할 일이다.

강연을 할 때마다 자주는 아니지만 심심찮게 듣는 질문이 있다.

"작가님 저서 중에 『결국 모든 것은 다 좋은 계획이야』라는 책이 있는데요. 정말로 모든 것이 '다 좋은 계획'이라고 생각하시나요? 비참하고 재수 없고 절망스러운 일조차도 정말 나에게 최고로 잘된 일이라고 믿으세요?"

그럼 나는 이렇게 대답한다.

"'결국 모든 것은 다 좋은 계획'이라는 말에는 사실 '그리 좋지 않은 일'과 '그렇게나 안 좋은 일' 모두를 '잘된 계획'으로 바꾸고 받아들일 수 있는 성숙한 마음가짐이 필요하다는 의미가 담겨 있어요. 결국 중요한 것은 '마음의 태도'라는 거죠."

누군가가 또 날카롭게 묻는다.

"결국 '내 영혼의 닭고기 수프'라는 거 아닌가요? 듣기엔 좋지만 실질적으로는 아무 도움이 되지 않는, 뻔한 소리 같은 것 말이에요."

그때마다 나는 내가 직접 겪은 이야기 하나를 들려준다.

#2

몇 년 전, 티베트 오지마을로 봉사활동을 간 일이 있다. 그곳 아이들에게 방한용품과 의류, 생필품 등을 전달해 주는 게 주된 목적이었는데 물품을 준비하던 도중 팀의 한 여학생이 막대사탕도 사가자고 했다. 당시 나는 그녀의 제안에 반대했다. 그 돈으로 다른 유용한 물건을 더 마련하는 편이 낫다고 생각했기 때문이다. 하지만 그녀는 끝까지 고집했고, 결국 사비를 털어 막대사탕 몇 봉지를 샀다.

결과적으로 그녀가 옳았다. 아이들에게 필요한 것은 옷과 생필품이었지만 아이들을 행복하게 한 것은 바로 그 막대사탕이었다. 난생처음 막대사탕을 받은 아이들이 조심스레 껍질을 벗기고 머뭇거리며 사탕을 입에 무는 순간, 아이들의 얼굴에 환한 미소가 떠올랐다. 새로운 세계를 발견한 듯, 혹은 거칠고 힘든 삶에도 이처럼 달콤한 순간이 존재한다는 사실을 깨달은 듯한 미소였다. 아이

들은 막대사탕의 껍질마저 한 장도 버리지 않고 소중히 품에 넣었다. 행복한 달콤함이 혀끝에서 온몸으로 퍼져 나가는 게 그야말로 눈에 보였다. 그 모습을 보는 우리도 행복감에 전염될 정도였다.

봉사활동을 마치고 떠나려는데 여자아이 하나가 다가와 내게 물었다.

"사탕, 더 있어요?"

주머니와 가방을 다 뒤져 보았지만 아쉽게도 사탕은 없었다. 나는 아이의 머리를 쓰다듬으며 말했다.

"열심히 공부해서 나중에 큰 도시에 가면 사탕을 많이, 아주 많이 먹을 수 있단다."

그 말에 아이의 눈이 크게 반짝였던 것을 나는 아직도 기억한다.

✦ ✦

긍정적 에너지는

우리 손에 쥐어진 막대사탕과 같다.

막대사탕 하나로는 추위를 피할 수도,

굶주림을 해결할 수도 없다.

하지만 그것이 얼마나 큰 용기와 희망을 주는지는

경험해 본 사람만 안다.

당신에게는 아무것도 아닌 무언가를 이 세상 누군가는 간절히 원할 수 있다.

당신이 아무 근심 없이 웃고 있을 때 누군가는 막막한 절망에 빠져 허덕이고 있을 수 있다.

당신에게는 뻔하디뻔한 그 말 한마디가 누군가에게는 영혼을 두드리고 목숨을 구하는 위로가 될 수도 있고, 캄캄한 인생길을 비추는 한 줄기 등불이 될 수도 있다.

당장 내게 필요치 않다고 모두에게 필요 없는 것은 아니다.

당장 필요치 않다고 앞으로도 영원히 필요한 순간이 오지 않는 것도 아니다.

언젠가부터 우리 사회에서는 이런 '영혼의 닭고기 수프' 같은 말들이 일상적인 비웃음의 대상으로 전락해 버렸다. 뜬구름 잡는 소리라는 비판, 비현실적인 기대감만 북돋아 진짜 문제를 직시하지 못하게 만든다는 비난, 약이 아니라 마약이라는 조롱에 외면하고 침을 뱉는 이도 적지 않다.

그러나 인생을 살다 보면 상처를 감싸고 고통을 멎게 해 줄 무언가가 필요한 때가 반드시 오기 마련이다. 그런 순간이 오면 평소 신경도 쓰지 않았던 말 한마디가 마음을 두드리고, 대충 읽어 넘겼던 문장 한 구절이 깊은 위로와 한 줄기 빛으로 다가온다. 누구나 아는 뻔한 그 소리가 인생의 진리로 깨달아지며 나를 구원하는 구명줄이 된다.

모든 것을 완벽하게 치료하는 명약 따위는 없다. 상처를 싸맬 수 있는 붕대만 있어도 충분히 감사할 일이다.

예전에 연세 지긋한 독자 한 분이 내게 말했다. 당신의 책이 단 한 사람이라도 도울 수 있다면 창작 자체로 큰 선행을 하고 있는 것이라고. 곱씹으면 곱씹을수록 많은 것을 생각하게 만드는 말이었다.

나의 긍정적 에너지는 내가 직접 경험, 혹은 간접 경험을 통해 얻은 깨달음을 되도록 많은 사람과 나누고 공감하고자 하는 강한 열망에서 나온다. 다른 사람은 인생의 수많은 고통과 어려움을 굳이 전부 겪지 않았으면 하는 마음, 될 수 있는 한, 길을 덜 돌아가고 덜 상처 받았으면 하는 마음에서 비롯된다.

✦ ✦

복잡하고 힘든 세상에서
우리가 기댈 수 있는 곳은 실로 미약하며
마음을 이해해 주는 사람은 그보다 더 적다.
만약 긍정적 에너지의 필요를 인정할 수 없다면,
최소한 자신의 부정적 에너지만이라도
거둬들여야 하지 않을까.

   인생을 살다 보면 마음처럼 되지 않는 일이 열에 여덟아홉이다. 우리가 할 수 있는 일은 마음처럼 되지 않는 '여덟아홉'에 매몰되는 게 아니라 평탄하게 흘러가는 '한둘'에 집중하는 것이다.

   부정적인 감정을 최대한 털어내고 가볍고 편안한 마음을 유지하려 노력하는 것이 우리가 할 수 있는 최선이다.

   긍정적 에너지가 항상 유용한 것은 아니지만 부정적인 에너지는 반드시 마음을 상하게 한다. 부정적인 생각에 빠져 늘 부정적인 말을 내뱉는다면 감정적으로 이미 오염되어 있는 상태라 할 수 있다. 만약 그렇다면 지금이라도 부정적인 에너지를 거두고 마음을 돌이켜야 한다.

적어도 주변에 태양처럼 빛과 온기를 주지 못하더라도 블랙홀처럼 생기와 광채를 삼켜 버리지는 말아야 할 게 아닌가.

부디 닭고기 수프가 싫다고 독주를 마시는 실수를 범하지 않기를, 간절히 기원하는 바다.

인생을 살다 보면
마음처럼 되지 않는 일이 열에 여덟아홉이다.
우리가 할 수 있는 일은 마음처럼 되지 않는
'여덟아홉'에 매몰되는 게 아니라
평탄하게 흘러가는 '한둘'에 집중하는 것이다.

각자의 운명,
각자 앞의 생

인생이라는 놀이공원에서 롤러코스터를 탈지,
관람차를 탈지는 전적으로 자신이 결정할 일이다.

#1

"더는 못 살아. 이혼할 거야. 그 인간이 나한테 손찌검을 했다고!"

여자는 울며 이를 갈았다. 눈가에 퍼런 멍이 선명했다. 오후의 카페는 한산했지만 그녀와 그녀 앞에 앉은 중년 여인은 목소리를 낮출 생각이 없어 보였고, 본의 아니게 남의 가정사를 엿듣게 된 나는 시선을 책에 고정한 채 귀만 쫑긋했다.

나이 지긋한 중년 여인이 여자를 타이르며 말했다.

"부부가 살다 보면 이런 일도 저런 일도 있는 법이야. 침대 머리맡에서 싸우고 발치에서 화해하는 게 부부라잖아. 손찌검한 건 잘못이지만 금방 사과했다며. 그냥 못 이기는 척 받아 줘. 남자들이 원래 그래, 제 성질을 못 이겨 일 저지르고 후회한다니까. 네가 좀 봐주렴."

여자의 얼굴이 일그러졌다.

"이건 명백한 가정폭력이야. 뭘 봐주라는 거야?"

중년 여인은 별 소란을 다 부린다는 듯 평온한 어투로 말을 이었다.

"가정폭력은 무슨, 딱 한 번 그랬잖니? 그 정도 갈등 없는 부부가 어디 있어. 네 이모부도 그랬다. 나도 젊었을 때 솔찬히 속 썩는 일이 많았어. 하지만 지금 보렴, 나이 먹고 철들어서 얼마나 잘해 주니? 그제는 손수 물 끓여서 내 발을 다 씻겨 주더라."

여자는 기가 막힌다는 듯 목소리를 높였다.

"이모, 내 남편이 나이 먹어서 물 끓여 내 발을 닦아 줄지, 속 끓여 나를 말려 죽일지 어떻게 알아? 아니, 그때까지 내가 맞아 죽지 않고 살아 있을 거라 보장할 수는 있어? 내가 이 인간이랑 계속 살다가 맞아 죽으면 이모가 책임질 거야?"

여자의 거친 기세에 눌렸는지 중년 여인은 아무 말도 하지 못했다.

"이모는 이모고, 나는 나야. 이모의 결혼생활을 일반화해서 나한테 적용하지 마. 난 내 인생 걸고 도박할 마음 전혀 없으니까."

#2

<실연 33일>이라는 중국 영화가 한창 인기일 때, 한 부부가 같이 영화를 보고 나오다 대판 싸움이 붙었다. 발단은 영화 속 금혼식을 올린 노부부가 부러웠다는 남편의 말 한마디였다. 젊은 시절할아버지는 바깥으로 돌며 외도를 일삼았지만 할머니가 끝까지견디며 지혜롭게 처신한 덕에 마침내 두 부부가 해로하는 모습이부러워 눈물이 찔끔 났다는 말에 아내가 발끈한 것이다.

"정확히 뭐가 부러웠는데? 둘이 백년해로한 거, 아니면 실컷 바람피우고 나서 백년해로한 거?"

당황한 남편이 변명하듯 말했다.

"할아버지가 잘못한 건 맞지만 그래도 할머니가 얼굴색 하나 변하지 않고 할아버지의 바람 상대를 설득해서 스스로 물러나게 하는 장면은 멋지지 않았어?"
"아아, 당신이 결혼한 게 그런 여자가 아니라 나라서 매우 유감이네. 난 그렇게 못 해. 바람만 피워 봐, 당장 반쯤 죽여 놓을 테니까."

아내의 서슬 퍼런 위협에도 남편이 기어코 한마디를 더했다.

"하지만 그 노부부, 끝은 좋았잖아. 끝이 좋으면 다 좋은 거 아냐?"

아내가 결국 폭발하고 말았다.

"그건 그 사람들 얘기고! 우리가 그 지경에 이르면 끝이 좋은 게 아니라 끝장날 줄 알아!"

결혼식 모양은 다 비슷하지만 결혼해서 사는 모양은 제각각이다. 얼핏 비슷해 보이는 상황이라도 부부마다 속사정이 다르고 대응법도 천차만별이기에 결과 또한 다를 수밖에 없다.

어떤 부부는 남편이 바람을 피우고, 어떤 부부는 아내가 외도를 한다. 가정폭력이 벌어지는 경우 절대다수는 남편이 가해자이지만 아내가 가해자인 사례도 없지 않다. 이런 상황에서 누군가는 참고 버틴다. 이를 악물고 신음을 삼킨다. 자신을 배신한 배우자가 회개하고 '돌아온 탕자'처럼 눈물 흘리며 돌아올 때까지, 혹은 자신의 잘못을 인정하며 절절한 후회와 통탄으로 무릎 꿇고 용서를 빌 때까지. 그러고는 넓은 마음으로 용서한 뒤 남은 노년을 서로

의지하며 보낸다. 말도 안 되는 소리 같지만 정말 이렇게 사는 부부도 있다.

　문제는 이를 미화하며 모든 결혼에 일괄 적용하려는 사람들이다. 이런 사람들은 이른바 '경험자'의 자리에 서서 마치 자기는 다 안다는 듯 타이른다.

　"한 눈은 뜨고 한 눈은 감고, 봐도 못 본 척 들어도 못 들은 척 살아야 하는 게 부부야. 어차피 늙으면 다 조강지처(혹은 조강지부)에게 돌아오게 되어 있어. 기운 떨어지면 더 이상 때리지도 못해. 사는 거 다 똑같아, 유난 떨지 마."

　하지만 그 틀에 완전히 맞는 부부는 과연 얼마나 될까?
　'이번만 꾹 참으면' 아름다운 결말을 맺을 수 있다고, 과연 누가 장담하겠는가?

　많은 사람이 반려자의 외도로 고통받는다. 가정폭력에 시달리는 이도 셀 수 없이 많다. 문제는 부부 당사자뿐만 아니라 자녀들까지 그 피해를 고스란히 겪는다는 점이다. 부모의 불화로 평생 이겨 내기 힘든 상처를 떠맡는 아이들이 얼마나 많은가. 심지어 부부 간의 갈등이 극도로 심각해져서 한쪽이 다른 한쪽을 해치는 범죄가 벌어지기도 한다.

이런 불행 앞에서도 '참고 살면 좋은 날이 온다'고 말할 수 있을까.

#3

반대의 경우도 마찬가지다.

같은 아파트에 사는 설이 씨는 세 번의 이혼을 겪었다. 넉넉하지 못한 벌이로 혼자 아이를 키우며 사느라 쪼들렸지만 늘 밝은 모습이 예뻐 보였는데, 갑자기 웬 남자 복이 터졌는지 연하의 대학원생과 결혼한다는 소식을 전해왔다. 그녀보다 무려 열 몇 살이나 어린 새신랑은 인물도 훤칠하고 조건도 좋은 데다 결정적으로 설이 씨를 너무도 사랑했다.

물론 결혼하기까지 마냥 순탄하지는 않았다. 등 뒤에서 그녀를 흉보는 사람도 많았다. 하지만 결혼 후 동네에서 가끔 두 사람과 마주치면 서로를 사랑하고 아끼는 게 눈에 보여서 절로 미소가 지어졌다.

하루는 마실 나갔다 돌아오는 길에 설이 씨 부부와 같이 엘리베이터를 타게 됐다. 둘이 내게 반갑게 인사하고 나 역시 푸근한 미소로 화답했는데, 마침 엘리베이터에 먼저 타 있던 할아버지가 영 심상치 않은 표정으로 설이 씨 부부를 힐끗거리더니 고개를 내저 으며 혀를 찼다. 그러더니 결국 내리기 직전 기어코 폭탄 같은 한 마디를 투하했다.

"비슷한 연배끼리 결혼하는 게 순리지, 젊은 총각이 나이 먹은 이혼녀랑 뭔 짓이래. 에잉, 쯧쯧."

설이 씨는 얼굴이 확 굳어지더니 아무 말도 못하고 고개만 푹 숙였다. 그녀의 남편 역시 당황스럽고 화가 나서 어찌해야 할지 모르는 표정이었다. 나도 당혹스럽기는 매한가지였지만 얼른 정신을 차리고 최대한 단호한 목소리로 말했다.

"신경 쓰지 말아요. 좋아하는 사람이랑 결혼하는 게 진짜 순리니까."

두 사람은 잠시 멍하게 나를 바라보았다. 그리고 곧 무거운 짐을 내려놓은 사람처럼 환하게 웃었다.

✦ ✦

인생은 수학 문제가 아니다.
공식을 대입한다고 답이 나오지 않을뿐더러
그나마 맞는 공식도 없다.
인생은 자유 주제 글쓰기다.
누구나 자기 생각대로 주제를 정하고
얼개를 잡고 내용을 채워 가야 한다.

　큰 흐름에서 벗어나지만 않는다면 자신이 작성한 초안에 맞춰 최대한 글솜씨를 뽐내는 것이 최고다. 마지막에 받아 든 점수가 설혹 마음에 들지 않는다 해도, 이렇게 살아낸 인생은 누군가의 지시를 따르거나 누군가의 것을 베낀 게 아니기에 떳떳할 수 있다.
　인생이라는 놀이공원에서 롤러코스터를 탈지, 관람차를 탈지는 전적으로 자신이 결정할 일이다. 남들이 좋다고 해서, 다들 그렇게 산다고 해서 나도 그 전철을 밟을 이유는 없다.
　내게 주어진 단 한 번의 인생을 최선을 다해
　내 마음에 들게 살아내면 그만이다.

　결국은 각자 앞에 놓인 생, 그 길을 갈 뿐이다.

그저 그대가
행복하기를 바랄 뿐

네가 결혼하고 아이를 낳는다면 나는 정말 기쁠 거야.
결혼하고 아이를 낳아서가 아니라 네가 내 친구라서.
네가 기쁘면, 나도 기쁘니까.

#1

결혼 10년 차 A 씨 부부는 딩크족이다. 하지만 부모와 친척들은 두 사람의 결정을 존중하지 못하고 아이를 낳으라며 아직도 성화다.

"애를 안 낳는다고? 철없는 소리! 부부 사이에 아이가 없으면 안 돼, 하나라도 낳아. 나이 들면 결국 후회한다니까."

"부모님께 손주 안겨 드리는 것보다 더 큰 효도는 없어. 끝내 불효할 셈이니?"

"지금 둘이 사이가 좋다고 그러나 본데, 늙으면 자식이 끈 역할을 하는 법이야."

그때마다 A 씨 부부는 얼굴을 붉히지도, 애써 변명하지도 않았다. 그저 허허 웃으며 넘기고는 자신들의 생활로 돌아가 여태껏 그래 온 것처럼 열심히 일하고, 퇴근 후에는 사이좋게 고양이 두 마리와 강아지 세 마리를 돌보았다. 평일 저녁에는 모든 것이 딱 두 사람 분량인 거실에서 남편은 책을 읽고 아내는 영화를 봤으며 주말에는 친구들을 불러 파티를 열거나 둘이서 오붓하게 여행을 떠났다. 가끔 집이 적막하게 느껴질 때도 있지만 그 적막함이 불만족이나 부족한 느낌으로 이어지지는 않았다.

"앞으로 어떻게 될지 누가 알겠어요. 미래는 아무도 장담할 수 없죠. 하지만 적어도 지금은 우리 둘 다 이 생활에 만족한답니다."

아이를 낳지 않는 것을 무책임하다고 비난하는 사람도 있지만, 이들 부부는 대책 없이 아이를 낳는 것이야말로 훨씬 더 무책임한 행동 아니냐고 반문한다.

현대 사회에서 아이를 낳고 기르는 일은 무거운 책임과 의무가 수반된다. 그저 잘 입히고 배부르게 먹이고 실컷 놀게 하면 되는 간단명료한 일이 아니라는 뜻이다. 이제 막 부모가 된 사람들은 상상하고 각오한 것 이상의 책임과 의무, 압박감에 소스라치게 놀라곤 한다. 경제적 부담도 만만치 않지만 한 사람을 키워낸다는 일의 무게와 심각성을 깨달을수록 정신적 부담이 더 커진다.

아이와 최대한 많은 시간을 보내고 싶고, 또 보내야 하지만 아이를 먹이고 입히려면 일을 하러 나가야 한다. 여유가 있을 리 없다. 나의 정신과 감정, 심리 상태도 문제다. 아이에게 무조건적인 사랑을 베푸는 동시에 엄격하면서도 바른 지침을 가르쳐야 하고, 세상의 풍파를 막아 주는 방패막이 되는 동시에, 혼자 설 수 있도록 적절한 훈련을 시켜야 하는데 과연 내가 그런 중책을 완수할 만한 인물인지 수시로 회의가 든다. 게다가 이 어려운 일을 아무런 보상도 바라지 않고 아이가 성인이 될 때까지 최소 20여 년을 지속해야 한다. 어지간한 책임감과 각오 없이는 발도 들이지 말아야 하는 세계인 셈이다.

✦ ✦
아이를 낳고 기르기로 결정했다면
방점은 '낳고'가 아닌 '기르기'에 있다.

　　단순히 잘 기르겠다고 결심하는 것만으로는 부족하다. 잘 기르는 것이 무엇인지를 제대로 알아야 한다. 심지어 육아에는 정답이 없다. 내 아이에게 맞는 길을 찾기 위해 끊임없이 묻고 노력해야 한다.
　　그러니 아이를 갖고 싶다면 먼저 자신에게 심각하게 물어보자.

　　'나는 정말로 부모가 될 준비가 되어 있는가?'
　　'만약 아이에게 선택할 수 있는 기회가 있다면
　　과연 지금의 나를 부모로 선택할까?'

스스로 불합격이라는 생각이 든다면, 그토록 큰 책임과 의무를 감당할 자신이 없다고 느낀다면, 혹은 나 자신을 그만큼 희생할 정도로 아이를 갖고 싶지는 않다는 답이 나온다면, 그래도 역시 부끄러워할 필요 없다. 아무 고민 없이 무턱대고 낳는 것보다 훨씬 책임감 있고 현명한 결정이니까.

아이를 갖지 않겠다고 결심한 부부들은 자신이 부모에 적합한 사람인지를 오래도록 심사숙고한 뒤 이성적으로 결정을 내린 경우가 대부분이다. 그렇기에 아무도 그들의 결정을 비난할 수 없다. 이 세상 누구도 다른 이의 인생을 대신 살아 줄 수는 없기 때문이다.

자식이 인생의 1순위가 될 수 있는 만큼, 자식 아닌 다른 것이 인생의 1순위가 될 수도 있다.

#2

지후는 능력 있는 변호사이지만 그녀 역시 명절마다 결혼하라는 잔소리에서 자유롭지 못하다. 아예 혼자면 모르겠는데 십 년째 연애 중인 남자친구가 있어서 그런지 해마다 더 심해지는 것 같단다. 게다가 얼마 전부터는 '적령기'라는 단어까지 동원해 가며 압

선택 앞에서 우리는
스스로에게 물어보아야 할 질문이 하나 있다.

"이 선택으로 내가 행복할 수 있을까?"

박을 가한다고 했다.

"올해는 꼭 결혼해! 너 지금이 적령기야, 그것도 꽉 찬 적령기! 인생에는 때가 되면 마땅히 해야 하는 일들이 있는 법이다. 적당한 때를 놓치면 나이 들어서 후회해. 나이도 찼겠다, 남자친구도 있겠다, 대체 왜 결혼을 안 하니?"

지후는 괴로워 죽겠다며 하소연했다.

"대체 결혼 적령기 같은 건 누가 정한 거야? 아예 안 한다는 것도 아니고 남자친구랑 몇 년 더 있다 하기로 약속했다는데도 때가 어쨌네, 적령기가 어쨌네 하면서 다들 난리야. 아니, 내 결혼인데 내 맘대로 하지도 못해? 나이가 찬 건 또 뭐야. 딱 그 나이에 결혼하면 누가 보너스라도 준다니?"

'인생에는 때맞춰 해야 하는 일들이 있다'는 논리는 알고 보면 근거가 상당히 빈약하다. 그 논리대로라면 여섯 살 때는 꼭 찰흙놀이를 해야 하고, 대학에 들어가면 반드시 연애를 해야 하며, 졸업하면 곧장 취직을 하고, 서른이 되면 무슨 일이 있어도 결혼하고, 결혼하면 꼭 자식을 낳아야 한다는 식으로 갈 수밖에 없는데, 그럼

죽는 것도 때맞춰 죽어야 하나?

'이제 돌아가실 때가 되었으니 눈치 없게 질질 끌지 말고 얼른 돌아가십쇼', 할 텐가?

사람은 누구나 인생의 중요한 일을 자신이 원하는 때에 결정할 권리가 있다. 단순히 '그럴 때가 됐다'거나 '다들 이때쯤 한다'는 이유에 쫓기지 말아야 한다. 다시 한번 강조하지만, 아무도 남의 인생을 대신 살아 줄 수 없다.

여기까지 읽고 '그럼 이건 출산 비장려 글인가?' 하고 고개를 갸우뚱하는 독자가 있을 듯한데, 절대 그렇지 않다. '모 아니면 도'라는 식의 접근은 어느 분야에서도 위험하지만 인생에서는 특히 더더욱 위험하다. 인생은 그렇게 단순하지 않다.

내 주변에도 결혼해서 아이 낳고 행복하게 사는 사람이 많다. 일상의 번잡한 일들을 능숙하게 착착 처리해 가며 사랑하는 배우자, 자식들과 함께 깨 볶는 내를 폴폴 풍기며 재미나게 사는 친구도 부지기수다.

그들의 삶도 아름답고 멋지다. 본인이 원해서, 성숙한 선택을 한 결과라면 말이다.

B는 재미교포로 미국에 살고 있다. 아이 네 명을 낳고 기르고 있지만 결혼한 적은 한 번도 없으며, 앞으로도 할 생각이 없다고 한다.

전문직으로 안정적인 수입을 올리고 있는 그녀는 원래 아이를 좋아해서 일찍 자녀를 갖고 싶었지만 안타깝게도 여생을 함께하고 싶은 사람을 찾지 못했다. 이대로 있다가 영영 아이를 낳을 수 없을지도 모른다는 불안함에 그녀는 결국 정자은행에서 정자를 기증받았고, 네 번의 임신과 출산을 거쳐 마침내 아들 둘, 딸 둘의 엄마가 되었다. 그리고 지금은 캘리포니아의 따사로운 햇살 아래 다섯 식구가 오순도순 행복하게 잘 살고 있다.

"아이를 키우는 일은 정말 힘들어요. 하지만 하루하루가 놀랍도록 기쁘고 행복하답니다. 어찌 보면 내가 온전히 '선택'하고 '결정'했기 때문에 더욱 만족감이 큰 것 같아요. 결혼이 필수라고 생각했다면 지금처럼 네 명의 아이들과 함께하는 삶은 아마 불가능했겠죠?"

아이를 낳을지 말지, 결혼을 할지 말지는 사실 중요하지 않다.

중요한 것은 '내가 진심으로 원하는가'다. 인생을 바꿔 놓을 수 있는 중대사일수록 진심으로 원하는지, 내가 충분히 감당할 수 있는지 신중하게 따져 보아야 한다.

그리고 반드시 자신에게 물어보아야 할 질문이 한 가지 더 있다.

✦ ✦
이 선택으로 내가 행복할 수 있을까?

'결혼하면 행복해질 거야'는 바른 답이 아니다. '결혼하지 않으면 불행해질 거야'도 마찬가지다. 아이가 있으면 행복하고, 없으면 불행할 것이라는 생각은 지나치게 평면적일 뿐만 아니라 조악하고 폭력적이다.

✦ ✦
행복의 조건은 외부에 있지 않다.
내가 어떻게 느끼느냐가 가장 중요하다.
이것이 모든 것을 스스로 선택해야 할 이유다.

어째서 일상의 사소한 일, 예를 들어 옷을 사거나 장을 보거나 주차비를 낼 때는 동전 한 닢까지 꼼꼼하게 따지고 조금이라도 유리한 쪽을 선택하려고 애쓰면서, 인생을 송두리째 바꿔 놓을 수 있는 중대사를 결정할 때는 적당히 한쪽 눈을 감고 봐도 못 본 척, 좋은 게 좋은 거라는 식으로 대충 넘어가려 할까?

"이 정도면 되지."

"누구든 살다 보면 똑같다는데, 그냥 저 사람으로 만족하자."

"이 정도로 참고 살아야지."

…

이런 말들을 중얼거린다는 것은 이미 운명에 철저히 굴복했다는 뜻이다. 그렇다고 고마워할 사람은 없다.

결혼하지 말라거나 애를 낳지 말라는 소리가 아니다. 스스로 함부로 대하지 말라는 소리다. 자신에게, 또 배우자와 자녀에게 책임질 수 없는 결혼과 출산을 하지 말라는 소리다.

우리에게 주어진 인생은 단 한 번뿐이다. 이 사실을 매 순간 되새기며 자신을 위해 살기로 확실히 선택한 사람은 결국 존중과 이해를 얻게 된다.

✦ ✦

"네가 결혼하고 아이를 낳는다면 나는 정말 기쁠 거야.
결혼하고 아이를 낳아서가 아니라
네가 내 친구라서. 네가 기쁘면, 나도 기쁘니까."

내가 특별히 좋아하는 말이다.

이 글을 읽는 그대 역시 나의 친구다.

결혼을 했든 안 했든, 몇 번을 했든, 아이가 있든 없든, 몇 명이나 있든, 모두 상관없다.

고단하고 짧은 인생에 부디 그대가 할 수 있는 한 힘껏 행복하기만을 바란다.

지나간 것은
지나간 대로

그는 기억 속에 머물러야 했다.
과거의 나와 함께 찬란히 빛나며
영원히 아름다운 그 모습 그대로 머물렀어야 했다.

✦ ✦
운명은 거대한 관람차다.
절대로 불가능하다고 여길 때,
운명의 관람차가 천천히 멈추고
문이 열리면 꿈에도 생각지 못한 그 사람이 문밖에 서 있다.
그리고 그 순간, 세월의 간극이 사라진다.

#1

열아홉의 나는 Z에게 푹 빠져 있었다. 십 년이 흐른 후 그와 다시 만나게 되리라고는 꿈에도 생각하지 못했다.

스물아홉의 어느 오후, 나는 스타벅스에 앉아 커피를 홀짝이며 정신을 팔고 있었다. 그러다 맞은편에 앉은 동료가 무심코 꺼낸 말에 눈이 번쩍 뜨였다.

"이번 로케이션 촬영에 Z가 출연하기로 했는데…"

그의 이름을 듣자마자 나도 모르게 토끼처럼 튀어 올랐다.

"누구? 누구라고?"

"왜 있잖아, Z라고…"

"진짜야? 나도 갈래!"

동료는 어이없다는 듯 나를 바라봤다.

"당연히 가야지. 일 안 할 거야?"

나의 바보 같은 반응에 얼굴이 벌겋게 달아올랐다. 나는 어색하게 웃고는 엉거주춤 자리에 다시 앉았다. 그러자 눈치 빠른 동료가 빙글빙글 웃으며 말했다.

"아하, 알겠다. Z의 팬이로구나?"

"예전에 그랬지."

"예전이 언제야?"

"열아홉 살 때. Z는 내 우상이었어, 첫 번째 우상."

"열아홉이라…. 그럼 한참 전인데 뭘 그리 호들갑이야?"

그러게, 왜 이리 호들갑일까.

십 년이라는 세월은 짧지 않다. 아무리 뜨거운 열정, 강렬한 감정도 그 정도 세월이면 싸늘하게 식고도 남는다. 하지만 그 이름을 듣는 순간, 그를 열렬히 좋아했던 그 시절의 나와 아름다운 기억이 시간을 훌쩍 뛰어넘어 순식간에 되살아났다.

처음 그를 좋아하게 됐을 때 나는 열성팬이 으레 그러하듯 그와 관련된 기사, 사진, 인터뷰 등을 탐독하느라 뜬눈으로 밤을 새웠다. 그 시절에는 그에 대해 알아가고 그를 생각하는 것이 세상에서 가장 행복한 일이었다.

한번은 그가 귀국하는 날에 맞춰 선물을 들고 공항에 나가기도 했다. 가수라면 콘서트라도 가겠지만 배우인 그를 직접 보려면 그 방법밖에 없었다. 공항에는 그를 기다리는 팬이 나 말고도 많았지만 출국장을 나오는 그에게 선물을 건네지 못할 정도는 아니었다. 그러나 용기 내어 손을 뻗으면 닿을 곳에 그가 있다는 사실에 오히려 가슴이 뛰고 손발이 떨려서 차마 선물을 내밀지 못했다. 같이 갔던 친구는 그런 나를 한심해하며 내 손에 들린 선물을 빼앗아 마침 우리 앞을 지나던 Z에게 와락 내밀었다. Z는 깜짝 놀란 듯 잠시 멈춰 섰지만 곧 미소를 지으며 선물을 받아 주었다. 그때 아마도 그와 눈이 마주쳤을 것이다. 숨이 멎을 듯한 찰나의 시간이 지나고 눈을 깜박이자 그는 성난 파도 같은 인파 속으로 사라졌다.

그를 주제로 글도 썼더랬다. 첫사랑에 빠진 소녀가 쓸 법한 유치하고 부끄러운 글이었다. 넘치는 연정을 가득 담아 썼다가 차마 보내지 못하고 찢어 버린 팬레터만도 수십 통이었다.

그리고 그게 다였다.

사랑도 유효기간이 2년 남짓에 불과한데 연예인을 향한 어린 소녀의 동경이 가면 얼마나 가겠는가. 대학에 입학하고, 졸업하고, 취직하고, 바쁘게 내 삶을 사는 동안 Z는 마음속에서 점차 희미해져 갔고, 결국 나는 그의 존재조차 떠올리지 않게 되었다.

그 후 TV나 잡지를 통해 이따금 그의 소식을 접했고 그가 여전히 활동 중이라는 사실만 머릿속 어딘가에 담아 두었다. 그가 출연한 작품이나 인터뷰, 사진을 굳이 찾아보는 일은 없었다. 한때 밤잠을 못 이루고 가슴앓이를 할 만큼 그를 좋아했다는 게 마치 전생의 기억처럼 느껴질 정도였다.

그렇게 완전히 잊었다고 생각한 순간, 그가 마법처럼 다시 내 인생에 등장했다. 그 후로 나는 줄곧 붕 뜬 기분이었다. 주변의 모든 것이 현실감을 잃었다. 회의가 끝난 줄도 몰랐다.

그를 만난다, 십 년 만에. 그때 그 감정이 스멀스멀 되살아나기 시작했다.

그를 다시 만난 곳은 바닷가였다.

촬영지에 도착한 우리는 먼저 감독과 인사를 하고 고운 모래사장을 걸어 그가 있는 쪽으로 향했다. 점점 가까워지는데도 전혀 긴장되지 않아서 속으로 희한하다고 생각했는데 불현듯 그가 고개를 들어 우리 쪽을 보는 순간 심장이 미친 듯이 뛰면서 정신이 아득해졌다.

십 년 전, 이 순간을 얼마나 많이 상상했던가. 상상 속 그와 만나는 순간은 늘 낭만적이고 감동적이었다. 공기마저 달콤하고, 분홍빛 하트가 공중에 퐁퐁 날아다닐 것만 같았는데…!

현실은 그렇지 않았다.

나는 놀라움 속에 그를 바라봤다. 십 년 전, 공항에서 친구가 나 대신 내민 선물을 받아들며 수줍게 웃던 그 남자는 세월의 더께가 쌓여 전혀 다른 사람이 되어 있었다. TV에 비친 것처럼 마냥 성숙하고 듬직해 보이지도 않았고, 내 상상 속 모습처럼 우수에 차 있지도 않았다. 깡마른 몸과 준수한 생김새는 여전했지만 어쩐지 피곤해 보였다. 비록 인사하고 통성명하는 내내 미소를 짓고 있었으나 언뜻언뜻 낯선 사람에 대한 희미한 경계심과 거리감이 느껴졌다. 마치 우리가 어서 인사를 마치고 떠나 주기를, 그래서 계속 혼자 말없이 바다를 바라볼 수 있기를 바라는 사람처럼 보였다.

우리는 짧은 인사를 마치고 발길을 돌렸다. 돌아서는 시야 끝에 그가 조그맣게 한숨을 내쉬는 모습이 보였다.

나는 일하는 틈틈이 Z를 관찰했다. 그는 매우 진지하고 성실한 배우였다. 역시 오랫동안 연기를 해 온 베테랑다웠다. 다만 카메라 앞에 섰을 때와 그렇지 않을 때의 격차가 컸다. 감독이 컷을 외치면 온 얼굴 가득했던 찬란한 미소가 툭, 조명 꺼지듯 사라지고 순식간에 잔잔해졌다. 촬영장에서 그는 거의 혼자였다. 뜨거운 햇살 아래 홀로 앉아 먼 곳을 멍하니 바라보는 옆얼굴은 낯선 곳에 불시착한 여행자 같았다.

몇 번이나 눈을 비비고 봐도 그 자리에 있는 것은 화려한 연예인이 아니라 지극히 평범한 초로의 남자일 뿐이었다. 그 모습을 보고 있자니 형용하기 힘든 복잡한 감정이 들었다. 민낯의 그가 이런 모습일 줄 꿈에도 상상하지 못했다.

동료가 나를 놀리듯 물었다.

"왜, 실제로 만나니까 별로야? 득달같이 달려가서 같이 사진 좀 찍어 달라는 둥, 사인 좀 해 달라는 둥 할 줄 알았더니만 멀리서 멀거니 쳐다보기만 하고."

나는 고개를 저었다. 사실 그는 여전히 멋졌다. 직접 만나 보니 예의 바르고 겸손하며 자신의 일에 진지한 모습은 타의 귀감이 될 만큼 훌륭하기까지 했다.

　　하지만 어쩐지 쉽게 다가갈 수가 없었다.

　　십 년이라는 세월 동안 그는 무슨 일을 겪고, 얼마나 변한 것일까. 그리고 나는 또 얼마나 변했는가. 몸을 둥글게 말고 웅크린 채 상처받기를 거부하며 외롭기를 자처하는 것만큼은 그도 나도 마찬가지일지 모른다.

　　어쩌면 나는 그에게서 지난 십 년간 변해 온 나의 모습을 보았는지도 모른다. 아니면 우리는 근본적으로 변한 게 아니라 원래부터 그런 사람들이었는지도 모른다.

　　뜨겁게 내리쬐는 한여름의 태양 아래, 나는 현기증을 느꼈다.

　　일을 마치고 촬영장소를 떠나기 전 무심코 고개를 돌렸다가 멀지 않은 곳에서 마지막 신을 찍는 그를 보았다. 그는 아역배우를 품에 안고 비스듬한 모래턱에 서 있었다. 서쪽으로 기우는 황금빛 석양을 등에 지고, 예의 그 환한 웃음을 짓고 있었다. 나는 그 자리에 서서 그 모습을 오래도록 바라보았다.

　　나는 그 미소를 기억하고 싶었다. 비록 연기라 해도 그를 생각했을 때 가장 먼저 떠오르는 것이 바로 그 찬란한 미소였으면 했다. 그편이, 서늘할 정도로 잠잠하고 무미건조한 그의 진짜 모습이 떠오르는 것보다 나았다.

그는 기억 속에 머물러야 했다. 과거의 나와 함께 찬란히 빛나며 영원히 아름다운 그 모습 그대로 머물러야 했다.

인수인계를 위해 한쪽에 마련된 임시 천막에 들어갔다가 분장을 지우는 그와 마주쳤다. 그는 우리에게 살짝 고개를 숙여 아는 체했다. 별다른 말은 하지 않았다. 우리가 인수인계 작업을 마칠 때까지 그는 묵묵히 분장만 지웠다. 나는 잠시 고민하다가 그에게 다가가 작별 인사를 했다. 그는 자신만의 세계에서 끌려 나온 사람처럼 깜짝 놀라더니 황급히 미소를 지으며 말했다.

"안녕히 가세요."

우리 모두 웃었다.

문가에 다다라 나는 또 멈춰 섰다. 그리고 고개를 돌려 거울에 비친 그를 다시 한번 보았다. 반쯤 화장을 지운 얼굴에는 수염이 듬성듬성 자라 있었고, 머리카락 또한 덥수룩했다. 분장 때문인지 그는 자기 나이보다 더 늙고 지쳐 보였다. 나의 기억 속 싱그러운 모습과 겹치는 부분은 여전히 맑게 빛나는, 어딘가 익숙한 슬픔이 어린 눈

관람차를 타면 먼 곳의 풍경을 볼 수 있다.
높은 곳에서 보는 풍경은 그게 무엇이든 아름답다.
그래서 나는 관람차를 좋아한다.
오래 타면 어지럽고 눈앞이 흐려지긴 하지만
아득한 과거로 돌아가는 듯 하다.

뿐이었다. 슬퍼 보이는 것 역시 내 착각에 불과할지도 모르지만.

나는 아주 작게 속삭였다.

✦ ✦

"안녕, Z."

그는 듣지 못했을 것이다.
그가 듣지 못해도 좋았다.

부디 그의 앞날에 축복이 있기를.
열아홉의 내가 그로 인해 행복했던 것처럼
그 또한 행복할 수 있기를.
부디 그가 보게 될 풍경이,
아름다움으로 가득 차 있기를.

그곳을 떠나며 나는 도시에서 가장 거대한 관람차를 보았다. 어두워진 하늘을 배경으로 황홀하게 빛나는 그것을 한동안 홀린 듯 바라보았다.

✦ ✦

어쩌면 그런 게 인생 아닐까.

기나긴 세월 속에

우리는 너무 많은 슬픔과 아름다움을 겪었다.

각자의 관람차를 타고, 서로 다른 풍경을 보았다.

그리고 감사하게도 운명은 우리에게 찰나의 재회를 허락했다.

　　나의 한 시절을 빛나게 했던 그와의 만남을 통해 나는 여태껏 나와 스친 사람들이 내게 준 것을 깨달았다. 그리고 감사하게 되었다.

네 번째
비밀

끝까지
견디다 보면

항상
웃는 그녀

우는 건 스스로를 불쌍하게 만드는 거고,
웃는 건 다른 사람을 불쌍하게 만드는 거야.
어느 쪽을 선택할지는 너에게 달려 있어.

#1

　명휘는 항상 웃는 얼굴이었다. 웃음소리도 독특하고 호쾌했다. 부모님조차 어릴 때를 제외하고는 명휘가 우는 모습을 본 적이 없었다. 어쩌다 혼날 때조차 눈물은커녕 싱글거려서 어이없었던 적이 한두 번이 아니라고 했다. 그렇다고 명휘가 골치 아픈 문제아인 것은 아니었다. 기본적으로 자기 할 일은 알아서 하고, 예의 바르고 사리에 밝았으며 공부도 잘했다. 그저 두 손 두 발 다 들 만큼 못 말리게 잘 웃는 아이였을 뿐이다.

　대학입시를 치르고 한 지방대 의과대학에 들어간 명휘는 극강의 친화력과 무한한 낙천성, 항상 웃는 얼굴과 도무지 'No'라고 하지 않는 너그러운 마음씨로 금세 유명인사가 됐다.

"명휘야, 나 교양과목 대출 좀!"

"하하! 그래!"

"명휘야, 이거 내가 만든 화장품이야. 약리학 수업 듣고 만들어 봤어. 만날 민얼굴로 다니지 말고, 이거라도 발라."

"하하! 그래!"

"명휘야, 발라 봤어? 어때?"

"미치겠어! 알레르기 올라와서 얼굴 다 뒤집어졌다, 야! 지금 나

완전 못생겼어!"

"어머, 진짜 난리 났네. 아휴, 넌 이 상황에서 웃음이 나오니?"

"당연하지! 이렇게 못생겼는데 어떻게 안 웃고 배겨? 하하하!"

그녀의 천연덕스러운 말에 다들 배꼽을 잡고 웃었다.

명휘는 평범한 일상에 밝고 즐겁고 유쾌한 빛을 덧입히는 재주가 있었다. 그녀의 호탕한 웃음을 보면 세상에 걱정할 일 하나 없을 것 같은 착각마저 들었다. 그야말로 어두운 복도를 환하고 따뜻하게 밝히는 햇살 같은 존재였다.

그런 명휘에게 좋아하는 남자가 생겼다. 한 학번 아래의 회계학과 후배로, 멀끔한 외모와 진중하고 침착한 성격의 소유자였다.

명휘는 고백도 시원하게 저질러 버렸다. 좋게 표현해서 '시원하게'지, 사실은 다소 무모한 고백이었다. 자신의 존재도 모르는 상대에게 성큼성큼 다가가 다짜고짜 A4지 한 장을 불쑥 내민 것이다. 그녀의 이름과 학과, 연락처 따위를 큼직하게 적어서.

특유의 눈웃음을 지으며 당당하게 종이를 내민 그녀를, 후배는 잠시 황당하다는 듯 쳐다보다가 말했다.

"학교 안에서 전단지 돌리시면 안 돼요."

아뿔싸, 그는 명휘를 광고 전단지 돌리는 사람으로 오해한 것이다. 명휘는 그 자리에서 돌처럼 굳어 버렸고 좀 떨어진 곳에서 그 모습을 지켜보던 친구들은 바닥을 떼굴떼굴 구르며 폭소를 터뜨렸다.

긍정의 끝판왕인 명휘였지만 이 일만큼은 부끄러웠는지 한동안 전단지의 '전'자만 들먹여도 죽일 듯 달려들었다.

이 에피소드의 가장 큰 반전은 명휘가 결국 그 후배와 사귀게 되었다는 점이다. 하긴, 자기 인적 사항을 덩그러니 A4지에 적어 고백하는 사람이 세상에 어디 흔한가. 관심이 생기지 않는 게 이상하다.

남자친구가 생겨도 명휘는 그대로였다. 여전히 화장기 없는 얼굴이었고 변함없이 큰 소리로 웃었으며 하염없이 낙천적이었다. 늦잠을 자 버린 남자친구가 데이트에 세 시간이나 늦게 나타나도 명휘는 전혀 개의치 않았다. 오히려 그가 사색이 되어 헐레벌떡 약속 장소에 나타날 때까지 쇼핑을 하느라 남자친구와의 약속조차 까먹을 지경이었다.

한번은 명휘가 실종되어서 난리가 났었다. 꼬박 하룻밤 만에 그녀가 발견된 곳은 다름 아닌 해부학 실습실. 저녁 늦게 해부학 실습이 끝난 뒤 명휘가 자진하여 뒷정리를 하겠다고 남았는데, 안에 사람이 있는 것을 모르고 경비아저씨가 문을 잠그는 바람에 실습실에 갇혔던 것이다. 그것도 카데바(해부용 시신) 4구와 함께! 하필이면 휴대전화도 배터리가 방전되어 꺼지는 바람에 도움을 청할 길도 없었다.

"문이야 언젠가는 열리겠지. 그동안 저랑 인생 얘기나 하실까요, 아저씨?"

명휘는 카데바가 누워 있는 테이블 사이에 자리를 잡고 앉아 한참 수다를 떨었다. 그러다 졸음이 몰려오자 실험 가운을 바닥에 깔고 그 위에 드러누워 꿈도 안 꾸고 단잠을 잤다.

다음 날 아침 교수님과 동기 몇 명, 남자친구가 그녀를 찾아 황급히 해부학 실습실의 문을 활짝 열었을 때 실습실 안은 비어 있었다. 다들 명휘의 이름을 부르며 막 발을 들여놓는데 갑자기 검은 그림자가 문 뒤에서 튀어나오더니 남자친구에게 휙 달려들며 소리쳤다.

"서프라이즈!"

명휘는 남자친구를 끌어안고 깔깔 웃었고 교수님과 동기들은 그런 그녀를 미친 사람 보듯 바라보며 괜찮냐고 한마디씩 물었다. 명휘는 여전히 웃는 얼굴로 남자친구에게 물었다.

"뭘 그렇게 걱정을 해? 여기 있는 아저씨들 다 알고 보면 괜찮은 사람들이야."

그녀는 천연덕스럽게 마치 인사하듯 카데바의 팔을 흔들었다. 남자친구는 그런 그녀를 멍하니 바라보다가 홀린 듯 말했다.

"우리, 헤어지자."

명휘는 남자친구를 빤히 바라볼 뿐, 아무 말도 하지 않았다. 그는 그녀가 울음을 터뜨릴지도 모른다고 생각했다.
하지만 다음 순간, 명휘는 입가에 미소를 떠올리며 이렇게 말했다.

"그래."

결국 남자친구는 폭발하고 말았다.

"넌 웃음이 나와? 헤어지자는데 웃음이 나오냐고!"

그는 자리를 박차고 일어나 가버렸다. 다들 당황해서 조심스레 명휘의 표정을 살폈다. 하지만 그녀의 얼굴에는 여전히 예의 그 미소가 매달려 있었다.

#2

한 달 후, 그 후배에게 새 여자친구가 생겼다는 소식이 들려왔다. 명휘에게 직접 만든 화장품을 줬던 바로 그 동기였다. 다들 어쩜 그럴 수가 있냐며 입을 모아 욕했지만 명휘는 오히려 그녀를 감싸고 나섰다.

"왜 욕을 하고 그래. 걔 좋은 애야. 나한테 화장품도 주고, 직접 화장해 준 적도 있다고"

"하이고, 그 화장? 그래, 기억난다. 그날 애들이 너보고 다 깜짝 놀랐던 것도 기억나지? 널 완전히 광대로 만들어놨잖아!"

"그러니까! 진짜 웃겼어. 나 거울 보고서 하루 종일 웃었다니까!

아휴, 지금 생각해도 웃겨서 눈물이 다 나네."

눈초리에 맺힌 눈물을 닦아내며 깔깔 웃는 그녀를 보고 친구들도 그만 피식 웃고 말았다.

의사국가시험 후 명휘는 한 대학병원에서 수련의 생활을 시작했다. 하루에 서너 시간도 못 잘 만큼 혹독한 나날이 계속됐다. 여러 과를 경험해 보아야 하는 수련의인 만큼 명휘도 소아과에서 흉부외과, 응급실에서 산부인과로 정신없이 뛰어다녔다. 매일 온 의국을 발바닥이 아프도록 누비다 겨우 집에 돌아오면 기절하듯 잠들었다가 두 시간 만에 알람 소리에 화들짝 깨어나 겨우 씻고 다시 병원으로 향하기 일쑤였다.

하지만 그렇게 힘든 와중에도 명휘는 여전히 웃었다.

늘 웃는 얼굴에 싹싹한 명휘를 환자들도 좋아했다. 무슨 일이든 불평불만 없이 솔선수범하니 선배들도 예뻐하지 않을 이유가 없었다. 심각한 수면 부족으로 눈 밑이 새카매진 얼굴로 여전히 방긋 웃으며 "선배, 식사는 하셨어요?"라고 묻는 그녀를 누가 싫어하겠는가.

그날은 명휘가 응급실 당직을 서는 날이었다. 젊은 남자 환자가 들것에 실려 왔다. 다급히 다가간 명휘는 깜짝 놀랐다. 남자친구였던 바로 그 후배였기 때문이다. 그도 명휘를 알아봤는지 고통에 일그러진 얼굴이 더욱 심하게 구겨졌다.

　검사 결과, 급성충수염을 진단받은 후배는 긴급 수술에 들어갔다. 수술대 위에 누워 마취 주사를 맞은 그는 의식이 흐려지기 전, 누군가 수다스럽게 농담을 던지고 그 말에 의사와 간호사들이 웃는 소리를 들었다. 그는 속으로 이를 갈았다.

　'명휘지? 수술실에서 누가 농담을 하겠어, 위험하게. 그런 무신경한 인간은 너밖에 없어!'

　그러곤 곧 까무룩 정신을 잃었다.

　얼마 후, 친구들이 명휘를 찾아와 어이없는 소식을 전했다.

　"야, 그 속 좁은 자식이 학교에서 네 욕을 하고 다닌다."
　"자기가 맹장 터져서 응급실 갔다가 재수 없게 너를 만났는데 네가 자기한테 복수하려고 일부러 수술실에서 의사를 웃겼다는 거야. 수술에 집중해야 할 의사 정신을 산만하게 만들려고 그런 거라나 뭐라나. 다행히 자기가 생명줄이 질겨서 네 뜻대로 죽지 않고 살아났다고 떠벌리더라.”

　“그뿐인 줄 알아? 넌 다시 봐도 여전히 밉상에 별종이더래. 거기다 종일 바보같이 속도 배알도 없이 헤벌쭉 웃고 다니는 꼴을 보니 의사 노릇이나 제대로 할지 모르겠다며 그렇게 씹더라.”

　친구들은 명휘가 이번에야말로 자신들처럼 화가 나서 펄쩍 뛰겠거니 생각했다. 하지만 그녀는 이야기를 듣는 내내 이맛살 한번 찌푸리지 않고 싱글거리더니, 곧 장난스럽게 눈을 깜박이며 이제야 생각났다는 듯 말했다.

　“그렇게 말하고 다닌다는 말이지? 아, 그럼 너희들이 가서 걔한테 말 좀 전해 주라. 내가 원한에 사무쳐서 복수하겠다는 일념으로 걔 수술 끝나고 봉합하기 전에 뱃속에 몰래 거즈를 넣어 놨으니까, 얼른 병원 가서 검사받으라고 말이야.”

　나중에 후배가 새파랗게 질려서 병원을 몇 군데나 돌아다니며 CT를 찍고, 자기 뱃속에 있는 거즈를 찾아내라며 난리 쳤다는 후일담을 전해 들은 명휘는 눈물을 흘리며 숨이 넘어가도록 웃었다.

　졸업식 전날, 친한 친구들 몇몇이 기숙사에 모여 맥주를 마시며

웃을 줄 아는 사람들은
무력하게 운명에 굴복하지 않는다.

지난 대학 생활을 추억할 때였다. 그 후배와 사귀던 동기가 불쑥 들이닥치더니 명휘 옆에 풀썩 주저앉아 죽상이 된 얼굴로 한마디 했다.

"우리…, 헤어졌어."

그러더니 곧 꺽꺽거리며 서럽게 울기 시작했다.

"걔가, 먼저, 헤어지자고…. 내가 대학원 시험에 떨어진 게 너무 실망스럽대. 자기는 최소한 석사 이상인 여자랑 만나고 싶다나. 나한테 자기 여자친구로 남을 자격이 없다더라. 게다가 내가 너무 잘 울어서 싫대. 전에는 명휘가 너무 잘 웃어서 싫다더니, 사람이 너무 변덕스러운 거 아니니? 백날 컴퓨터 게임만 해도 아무 말 안 했는데…!"

다들 뜨악하게 쳐다봤지만 그녀는 울음을 그치지 않았다. 그러더니 갑자기 명휘에게 필사적으로 사과하기 시작했다.

"나 진짜 너희 둘 사이에 끼어든 거 아니야. 그건 너도 알지, 명휘야? 나는 너한테 나쁜 감정 전혀 없어. 오히려 좋아해. 그런데 널

볼 때마다 왜 이리 마음이 불편하고 찔리는지…".

　명휘는 흐느끼는 그녀를 물끄러미 바라보다가 벌떡 일어났다. 그리곤 침대 밑 상자에서 CD 한 장을 꺼냈다.

　"우리 이거 보자."
　"…그게 뭔데?"
　"올해 가장 웃긴 코미디영화!"
　"어?"

　다른 친구들이 다 자기 방으로 돌아간 후에도 명휘와 그 동기는 컴퓨터 앞에 꼭 붙어 앉아 삼류 코미디 영화를 보며 깔깔 웃었다. 밤이 지나고 날이 새도록 웃음소리는 그칠 줄 몰랐다.
　다음 날, 비록 눈 밑에 다크서클이 짙게 내려앉았지만 마음만은 가볍고 상쾌했다. 그녀가 명휘에게 말했다.

　"고마워. 덕분에 실컷 웃고 나니 기분이 훨씬 나아졌어. 그런데 너한테 묻고 싶은 게 있는데 대답해 줄래? 그 애가 너한테 헤어지자고 했을 때 넌 어떻게 웃을 수 있었어? 수술실에서는 왜 의사들과 농담하고 웃은 거야? 걔는 그 일을 내내 마음에 두고 있었어. 그러면서 넌 자기를 단 한 번도 사랑한 적 없다고 단정 짓더라."

명휘는 잠시 생각하다 입을 열었다.

"수술실에서는 선생님들 긴장을 풀어 주려고 그랬어. 너무 풀어져도 안 되지만 너무 긴장한 상태로 수술해도 문제가 생길 수 있거든. 딱히 걔가 수술대 위에 누워 있어서 일부러 농담한 건 아니야. 그걸 그 애가 그런 식으로 오해할 줄은 몰랐어. 그렇다고 구구절절하게 설명할 수도 없으니 뭐. 그리고 헤어질 때 웃은 건 나를 위해서였어. 그 애 입장에서는 내가 울고불고 매달리는 편이 남자로서 자존심을 지키는 데 좋았겠지만, 차이는 마당에 내가 상대 자존심까지 배려할 이유가 어디 있어? 내 자존심부터 챙겨야지."

명휘는 어깨를 으쓱이고는 동기의 눈을 똑바로 들여다보며 말했다.

"우는 건 스스로를 불쌍하게 만드는 거고, 웃는 건 다른 사람을 불쌍하게 만드는 거야. 어느 쪽을 선택할지는 너에게 달려 있어."

명휘는 그녀를 가볍게 안아 주며 말했다.

"우리 웃자. 잊지 마. 언제나 웃는 거야."

잘 웃는다고 해서 울지 않는 것은 아니다. 다만 눈물보다는 웃음을 더 자주 선택할 뿐이다.

잘 웃는다고 해서 반드시 강한 것은 아니다. 다만 자신을 사랑하는 사람을 걱정하게 만들고 싶지 않기에, 자신이 사랑하는 사람이 먼저 무너지는 모습을 볼 수 없기에 일부러 더 크게 웃으며 두 발에 힘을 주고 굳게 설 뿐이다.

웃으면 복이 온다지만 웃는다고 힘든 일이 피해 가지는 않는다. 언제나 방긋 웃는 그녀라고 해서 인생이 순탄하기만 할 리는 없다. 그러나 웃을 줄 아는 사람들은 무력하게 운명에 굴복하지 않는다. 인생의 시험 앞에서 눈물 흘리며 자기연민에 빠지기보다는 이를 악물고 웃으며 자신을 위해 더 나은 길을 찾는다. 그런 그들의 얼굴은 화장기 하나 없이도 밝게 빛나며 온 세상의 광채를 한 몸에 받는다.

✦ ✦

나도 그녀처럼 웃고 싶다, 언제까지나.

남들이 바보 같다고 할지라도

그녀와 어깨를 나란히 하고 '하하하' 웃어 버리고 싶다.

눈물을 통해 보는 세상보다 웃으며 바라본 세상이

훨씬 아름다울 테니까.

스스로를 가엾게 여기기보다는

내게 상처 준 사람들을 불쌍히 여기고 싶으니까.

우리 큰 소리로 웃자. 그대와 나, 함께 웃자.

사랑의
규칙

그대가 원하는 방식대로 사랑의 술잔을 채워라.
조금은 험한 꼴이 될지라도 두려워 말고 술잔을 높이 들어라.

#1

인성은 모두가 인정하는 '나쁜 남자'다. 견실한 사업가이자 호탕하고 성격 좋은 그가 나쁜 남자 취급을 받는 이유는 오로지 화려한 여성 편력 때문이다. 그는 여성을 쉽게 만나고 쉽게 헤어졌다. 적어도 남들이 보기에는 그랬다. 만나는 기간도 길어야 몇 달, 심지어 일주일 만에 헤어진 적도 있었다. 게다가 모임 때마다 여자친구를 동행했는데 하도 자주 바뀌다 보니 나중에는 친구들도 그의 여자친구에게 질문은커녕 말도 잘 붙이지 않았다. 어차피 다음에는 또 다른 여자가 나올 텐데 지금 이 사람에 대해 알아봤자 무슨 소용 있겠는가.

인성을 대하는 지인들의 태도는 남녀가 크게 달랐다. 여자들은 몰래 눈살을 찌푸리며 또 애인이 바뀌었다는 둥, 바람둥이라는 둥 뒷말을 했지만 남자들은 그를 '난놈'이라 부르며 대놓고 부러워했다. 심지어 어떤 녀석은 인성에게 여자 사귀는 '비결'을 알려 달라고 조르다가 동석한 여성 지인들에게 엄청난 비난과 야유를 받기도 했다.

어느 날이었다. 그날도 인성은 새로 사귄 여자친구를 데리고 모임에 나왔다. 술이 세 순배쯤 돌고 다들 얼큰하게 취기가 올랐을 때, 남들보다 몇 잔 더 마신 친구가 대뜸 인성의 어깨를 두드리며 모두를 향해 말했다.

"우리, 인성이가 이번에는 얼마나 오래 갈지 내기할까?"

그 말이 떨어지기가 무섭게 여자친구의 얼굴이 딱딱하게 굳어졌다. 인성도 난처한 듯 웃으며 진지하게 만나는 중이니 헛소리하지 말라며 일축했다. 하지만 이미 앞뒤 구분도 못할 만큼 취한 친구는 그 말에 코웃음을 쳤다.

"진지하게 만난다고? 누가, 네가? 야, 네가 천하의 바람둥이인 건 하늘이 알고 땅이 알아. 마음만 먹으면 당장 내일이라도 갈아치울 놈이 진지한 사이는 무슨, 보니까 이번에도 3개월 넘기기 힘들 것 같은데?"

결국 참지 못한 여자친구가 자리를 박차고 나가 버렸다. 인성 역시 그 친구를 무섭게 노려보고는 여자친구의 뒤를 따라 나갔다. 다들 어쩔 줄 모르고 당황해서 왜 쓸데없는 소리를 했느냐며 그 친구를 타박했다. 그는 잠시 울컥했지만 곧 자기 잘못을 깨달았는지 의기소침해져서 입을 다물었다. 술기운이 가신 자리에 무거운 침묵이 가라앉았다.

　잠시 후 인성이 혼자 돌아왔다. 엄청나게 화를 낼 것이라는 모두의 예상과 달리 그는 아무 말 없이 자리에 앉았다. 그리고 술 한 잔을 천천히 다 마신 후, 차분한 목소리로 말했다.

　"너희들 정말 나를 나쁜 놈이라고 생각해? 바람둥이에, 쓰레기 같은 놈이라고?"

　다들 손사래를 치며 부인했다. 그리고 말실수한 친구를 가리키며 이 녀석이 네가 부러워서 농담을 한다는 게 좀 지나쳤다고 해명했다. 인성은 쓴웃음을 짓더니 고개를 절레절레 저었다.

　"됐다, 너희들이 어떻게 생각하는지 나도 잘 알아. 그렇게 생각한대도 어쩔 수 없지. 하지만 나도 할 말은 있어. 세상에는 직접 겪어 보지 않으면 알 수 없는 일이 너무 많아. 연애는 더더욱 그렇지. 실제로 만나 보지 않고 어떻게 나와 맞는 사람인지 아닌지를 알 수 있어? 헤어지는 것도 그래. 서로 안 맞아서 문제가 자꾸 생기는데 꾹 참고 계속 만나야 하나? 누구는 일단 만나기 시작했으면 책임감을 가져야 하지 않느냐고 하는데 결혼한 것도 아니고 무슨 책임감? 나와 맞지 않는 사람과 십 년 후까지 꾸역꾸역 관계를 유지하는 게 더 무책임한 것 같은데? 솔직히 난 어차피 언젠가 끊어질 관계라면 하루라도 빨리 헤어지는 게 나에게도, 상대에게도 양심적인 행동이라고 생각해. 그렇지 않아?"

　다들 아무 말도 하지 않았다. 인성은 잠시 술잔을 만지작거리다 다시 입을 열었다.

　"내가 연애를 많이 한 건 맞아. 하지만 바람피우거나 양다리를 걸친 적은 단 한 번도 없어. 싫다는 사람 억지로 꼬드긴 적도 없고. 기간이 짧든 길든, 만나는 동안에는 상대에게 충실히 최선을 다했어."

　그러자 말실수를 했던 친구가 얼른 나서서 맞장구쳤다.

　"맞아, 너만큼 여자친구한테 잘하는 사람도 없지."

　인성은 피식 웃었다.

　"왜냐하면 진심으로 좋아하니까. 좋아하는 만큼 잘해 주고 싶은 게 당연하잖아. 그래서 만나는 동안에는 한눈팔지 않고 오로지 그녀에게 집중해. 어떻게 하면 함께 행복해질 수 있을까 늘 고민하고, 사랑을 지키고, 키워나가려고 최선을 다하지."

그는 잠시 말을 멈추고 무언가 생각했다.

"하지만 더 이상 그녀를 사랑하지 않게 되었다면? 그래도 사랑했을 때와 마찬가지로 행동해야 할까? 사랑하지 않는데 사랑하는 척하면서? 그게 상대에 대한 더 큰 기만 아닌가?"

지인 하나가 그에게 동조했다.

"그래, 따져 보면 네가 잘못한 건 없지. 사실 남들이 아무리 이러쿵저러쿵해도 결국 네가 한 사람에게 정착하기만 한다면 다 없어질 말들이야. 그러니까 이제 맘 잡고 정착하는 게 어때?"

인성은 고개를 저었다.

"단순히 내가 '쓰레기'가 아니라는 걸 증명하기 위해서 아무에게나 정착할 생각은 없어. 평생을 함께할 사람이라면 더더욱 나와 잘 맞는지 신중하게 따져 봐야 하지 않아? 일에도 수습 기간이라는 게 있는데, 일보다 중요한 사랑에는 왜 수습 기간을 두면 안 된다는 거야?"

이번에는 나이 있는 선배가 그를 타이르듯 말했다.

"살아보면 다 똑같아. 너무 따지지 말고 적당한 사람 만나서 서로 맞춰 가며 살면 돼."

인성은 선배에게 걱정해 줘서 고맙다면서도 결국 고개를 저었다.

"난 적당히 맞춰 가며 살고 싶지도, 아쉬운 대로 참으며 살고 싶지도 않아. 진짜 사랑을 찾고 싶어. 물론 진짜 사랑을 찾기란 쉽지 않지. 너희가 볼 때는 내가 쉽게 연애를 시작하는 것 같겠지만, 안 그래. 항상 두려운 마음으로, 그렇지만 희망을 갖고 용기 내서 뛰어든다고. 다만 안타깝게도 지금까지는 나와 딱 맞는 사람을 만나지 못했을 뿐이야. 그렇다고 그게 내가 바람둥이라는 증거가 될 수는 없어. 내가 지독하게 운이 없다는 증거라면 몰라도!"

그는 술잔에 남은 술을 단숨에 들이켰다.

"헤어지면 나 역시 힘들고 밤잠을 못 이룰 만큼 괴로워. 상대의 감정을 가지고 논 적도 없고, 바람을 피우거나 양다리를 걸친 적도, 헤어진 연인을 욕한 적도 없어. 서로 좋아해서 만났고, 사랑이 식어서 헤어졌어. 나는 내 감정에 솔직할 뿐이야. 그게 남에게 비난받을 일인가?"

자리에서 일어나 나가기 전, 인성은 마지막으로 한마디 했다.

"나와 맞는 사람을 찾을 때까지 나는 계속 연애하고 사랑할 거야. 진심으로, 최선을 다해서. 그것이야말로 사랑을 진정으로 존중하는 방식이라고 믿어."

그가 떠난 뒤 우리는 술잔을 기울이며 각자 생각에 잠겼다.

사랑에 정해진 규칙이 어디 있겠는가. 평생 일부종사할 한 사람을 찾기 위해 삼천 번의 연애를 한다 한들 이를 비난할 수는 없다. 적어도 사랑할 때만큼은 누구보다도 진실하고, 진지하고, 충실하다면 말이다. 그러다 사랑이 식어 버리면, 감당하지도 못할

책임감으로 서로를 붙들고 괴로운 시간을 보내기보다는 확실하게 밝히고 깔끔하게 헤어지는 편이 자신을 위해서도 상대를 위해서도 낫다.

✦ ✦

기만하지 않고, 속이지 않으며, 가볍게 여기지 않는다.
비겁하게 공격하지 않고, 원망하지 않으며,
배반하거나 회피하지 않는다.
누구의 감정도 소홀히 하지 않고,
누구의 시간도 낭비하지 않는다.
인연이라면 함께하고, 인연이 아니라면 돌아선다.
이것이야말로 사랑의 규칙 아닐까.

우리가 찾는 것은 무덤이 아니라 보금자리다. 그것을 찾는 과정은 고되고 번잡하고 힘들 수 있으나 그래도 반드시 거쳐야 하는 길이다.

그대가 원하는 방식대로 사랑의 술잔을 채워라.
조금은 험한 꼴이 될지라도 두려워 말고 술잔을 높이 들어라.

일보다 중요한 사랑에도 수습 기간이 필요하다.
더구나 평생을 함께할 사람을 찾는다면
나와 잘 맞는지 신중하게 따져 봐야 하지 않을까.

우리에게 주어진 삶은 단 한 번뿐,

견디고 참아가며 자신을 억지로 구겨 넣어 맞추기보다는

할 수 있는 한 최선을 다해 내가 행복해질 수 있는 길을 찾아야

한다.

세상의 기준, 타인의 시선은 중요하지 않다.

그대가 마땅히 귀 기울여야 할 것은 오직 그대의 마음뿐이다.

한번 시도해 보는
마음으로

아무리 좋은 것이라도
내가 손을 뻗지 않으면 가질 수 없다.

#1

내가 정식으로 요리를 만들기 시작한 것은 중학교 때다. 처음에는 혼자서도 잘할 수 있다며 위풍당당 부엌에 들어갔지만 결과적으로는 5분이 멀다 하고 엄마를 불러 댔다.

"엄마, 국수는 얼마나 삶아야 돼요?"
"엄마, 계란 삶을 때 소금 넣어야 되나?"
"엄마, 감자가 익었는지 안 익었는지 어떻게 알아요?"

그때마다 엄마는 느긋하게 어떻게 할지 일러 주고 꼭 한마디를 덧붙였다.

"겁먹지 말고 일단 한번 해 봐."

#2

사회초년생 시절, 외근 나간 선배에게 보고서를 가져다주러 갔을 때 일이다. 낯선 도시 한복판, 어찌어찌 목적지 근처까지 찾아가긴 했는데 거기서 그만 망연해지고 말았다. 하늘 높이 솟은 빌딩들이 전부 똑같이 생겼던 것이다. 선배가 말한 사무실 건물이 어떤 빌딩인지 도통 알 수가 없었다. 나는 이 빌딩 저 빌딩 기웃대다가 결국 선배에게 전화를 걸어 어디로 가야 할지 모르겠다고 말했다. 그러자 선배는 내게 딱 두 마디만 하고 전화를 끊어 버렸다.

"사람들한테 물어봐."

#3

한 남자가 한 여자를 사랑하게 됐다. 그는 자신의 마음을 고백했고, 그의 진심에 여자도 감동했다. 그러나 어쩐지 확신이 생기지 않아 선뜻 받아들이지 못하고 오래도록 망설였다.

남자는 여자를 재촉하지 않고 기다렸다. 그렇게 기다림이 길어지던 어느 날, 그는 승부를 내기로 했다. 추운 겨울날, 떨어지는 눈송이를 맞으며 그녀가 퇴근하기를 기다리던 그는 그녀를 보자마자 새 목도리를 둘러 주고 새 장갑을 끼워 주며 부드럽게 물었다.

"이젠 내 여자친구가 되어 주지 않을래?"

그녀는 이번에도 우물쭈물했다. 그러자 그가 웃음을 터뜨리며 말했다.

"뭘 그리 고민해. 우리 한번 만나 보자. 한번 그래 보자. 응?"

결국 그녀도 그를 따라 웃으며 고개를 끄덕였다.

"그래, 한번 해 보자."

이 한 번의 시도로 두 사람은 연애부터 결혼까지 일사천리로 달려갔다. 순풍에 돛 단 듯 모든 것이 순조로웠다.

이제 나는 더 이상 부엌에서 엄마를 찾지 않는다. 맛깔스러운 밑반찬부터 일품요리까지 누구에게도 묻지 않고 척척 해낸다. 결과물 역시 꽤 만족스러워 엄마를 닮아 손맛이 좋다는 칭찬을 종종 듣는다.

이제는 아무리 복잡한 도심 한복판에서도 당황하지 않고 침착하게 목적지를 찾아간다. 처음 가본 곳에서는 약간 헤매기는 해도 예전처럼 공황에 빠지는 일은 없다. 말이 안 통하면 손짓, 발짓이라도 해서 물어보면 되니까. 결국은 원하는 곳에 갈 수 있다.

일단 시도해 보자.
타고르의 말처럼,
가만히 서서 물을 바라보기만 해서는
바다를 건널 수 없다.

세상이 너를 몰래
사랑하고 있어

운명이 주는 선물은
조금 늦기도 하고, 느리기도 하고, 평탄하지 않을 때도 있으며,
전혀 선물처럼 보이지 않을 수도 있다.
그러나 끝까지 견딘 사람에게는 반드시 값진 선물을 준다.

✦ ✦

사는 게 힘들다고 주저앉지 마라.

세상은 그대가 상상하는 이상으로 크고,

그대가 알지 못하는 일이 훨씬 많다.

#1

매일 새벽같이 출근하느라 아침 식사를 거르는 일이 잦은 재인은 종종 길가 노점에서 토스트를 사서 지하철을 타고 가며 먹는다. 그런데 평소처럼 지하철 제일 구석 자리에 앉아 토스트 포장을 벗겨 한입 베어 물었는데, 그날따라 소스가 사방으로 삐져나와 그녀의 하얀 셔츠 위에 떨어졌다. 재인은 속으로 짜증을 내며 노점상 아주머니를 원망했다.

'아이씨, 아줌마는 왜 이렇게 소스를 잔뜩 뿌린 거야? 케첩은 잘 지워지지도 않는데 어떡해!'

재인은 몰랐다. 매일 아침 커다란 가방을 둘러메고 퀭한 얼굴로 나타나는 그녀를 아주머니가 얼마나 안쓰러워하는지를. 딸 같은 아가씨가 돈 아낀다고 항상 제일 싼 토스트만 사 가는 것을 얼마나 안타깝게 여기는지를. 그래서 몰래 계란프라이 한 장, 햄 한 장을 더 넣어 준다는 것을 재인이 알 리 없었다. 그저 자신이 시킨 것에 비해 조금 더 두툼하고, 그 탓에 소스가 잘 삐져나오는 토스트를 투덜거리며 먹을 뿐이었다.

#2

　오전 회의 전, 데스크 업무를 맡은 여직원이 커피를 돌리는데 어째서인지 제일 가까운 자리의 정현을 건너뛰고 다른 사람들에게 먼저 가져다준 뒤 제일 마지막에 정현에게 커피를 주었다.

　정현은 괜히 기분이 상했다. 안 그래도 최근 자신이 진행한 프로젝트가 좋은 성과를 내지 못해서 못내 마음에 걸렸는데, 데스크 여직원마저 자신을 무시하는 것 같았기 때문이다.

　사실 여직원이 커피를 늦게 준 까닭은 저번 회의 날 그가 커피가 너무 뜨겁다고 불평했던 일을 기억하고 있었기 때문이다. 그래서 조금이라도 덜 뜨거운 커피를 주려고 일부러 그를 제일 나중으로 미룬 것이다. 나름 그를 배려한 행동이었지만 정현은 그런 마음 씀씀이를 전혀 눈치채지 못했다.

#3

어느 날, 이진의 상사가 그녀를 부르더니 느닷없이 아프리카 주재원 파견을 제안했다. 말이 제안이지, 이미 내부적으로 확정된 상황이었다. 이진은 기가 막혀서 눈을 동그랗게 뜨고 대체 이유가 뭐냐고 따졌다. 다른 지역도 아닌 아프리카라니 좌천이나 다름없지 않은가. 하지만 상사는 자신이 다 생각이 있다며 무조건 따를 것을 종용했다. 결국 이진은 화가 나서 상사의 사무실을 뛰쳐나왔다.

하지만 상사는 정말로 생각이 있어서 어렵게 그 자리에 이진을 내정한 것이었다. 평소 그녀의 능력을 높게 평가한 상사는 그녀를 자신의 후임에 앉히려 했다. 그러나 젊고 경력이 부족하다는 이사회의 반대에 부딪혔고, 치열한 논쟁 끝에 그녀가 현지에 가서 실무 능력을 검증받는 조건으로 마침내 승낙을 얻어 냈다. 만약 그녀가 1년 동안 아프리카 근무를 무사히 마치고 돌아온다면 초고속 승진길이 열리는 셈이었다. 그야말로 일생일대의 기회였지만 이진은 이런 사실을 까맣게 몰랐다.

4

늦은 저녁, 비가 쏟아지기 시작했다.

은수는 우산을 받쳐 들고 집에 가고 있었다. 그런데 구급차 한 대가 요란한 사이렌 소리와 함께 무서운 속도로 달려가면서 인도 옆 물웅덩이를 밟았고, 그 바람에 은수는 흙탕물을 뒤집어쓰고 말 았다. 은수는 아무리 구급차라도 저렇게 빨리 달리면 안 되지 않 나, 생각하며 한바탕 성질을 내고는 터덜터덜 집으로 향했다.

그 시간, 바람같이 달려간 구급차가 멈춰 선 곳은 다름 아닌 은 수의 집 앞이었다. 그녀의 아버지가 고혈압으로 쓰러졌던 것이다. 구급차 기사가 속도위반도 신경 쓰지 않고 바람처럼 달려간 이유 는 오직 은수의 아버지를 구하기 위해서였다.

엄마에게 전화가 걸려왔을 때, 지현은 오피스텔에 막 도착한 참 이었다. 그녀는 현관문 앞에 서서 가방을 든 채 불만을 터뜨렸다. 회사에서 제공한 오피스텔이 얼마나 구석진 곳에 있는지, 교통편 이 얼마나 불편한지, 아직 정식 출근은 하지 않았지만 인사차 들러

본 사무실 분위기가 얼마나 냉랭했는지, 연봉은 또 왜 이렇게 짠지….

그녀의 불만을 들은 엄마는 뜻밖에도 속상해하기는커녕 웃음을 터트렸다.

"딸, 엄마는 네가 대견해. 얼마나 능력 있으면 회사에서 젊은 너를 일부러 집까지 구해 주며 스카우트했겠니? 엄마가 네 나이 때는 혼자 상경해 직장 다니면서 마땅히 묵을 곳이 없어서 친척 집이며 친구 집을 전전하며 눈칫밥을 먹었어. 나중에 겨우 나 한 명 누울 자취방을 구해 놓고 얼마나 기쁘던지…. 그런데 너는 번듯한 집, 그것도 회사에서 돈까지 내주는 집이 있잖니. 주변에 얘기하면 다들 잘난 딸 뒀다고 얼마나 부러워하는지 몰라. 난 네가 정말 자랑스럽단다."

진심으로 기쁜 듯 낭랑하게 울리는 엄마의 목소리를 들으며 지현은 기분이 점차 좋아졌다. 전화를 끊은 후, 지현은 조심스레 현관문을 열었다.

살풍경하리라는 예상과 달리 볕이 잘 드는 거실 한쪽, 붉은 꽃이 가득한 싱그러운 부겐빌레아 화분이 그녀를 맞이했다. 지현은 눈을 크게 떴다. 아마 전임자가 두고 간 것 같았다. 그동안 돌보는

아무리 폭풍 같은 나날이라도
언젠가는 지나간다.